泪壶

泪壶

渡边淳一 著

祝子平 译

青岛出版社
QINGDAO PUBLISHING HOUSE

目　录

女人的手

在全美国外科学会的病例报告中,最引人注目的是一位三十五岁男子的右手移植手术。

男子 K 先生,是美国底特律某钢板公司的设计师。有一天,一台钢筒的切割机发生了故障,他奉命去修理,检查结果是切割的刀具角度发生了偏差。于是,他便动手调整,这时控制室里的操作员误按了机器键钮,之后 K 先生的右手便从手腕处被齐齐地切断了。

刀具长 1.5 米,十分锋利,所以 K 先生的手一瞬间便掉进了机器下的油污中,甚至连感到疼痛的时间都没有。

K 先生想动手指却没了知觉,这才感到自己的手没有了,只见鲜血洪水似的从手腕中涌出。

这时,有人马上停机,同时有人用手帕捂住他的断腕。但动脉断了,血是没法捂住的,于是 K 先生用手托着自己的断腕朝工厂医务室奔去。

可是,医生不常在工厂的医务室里。医务室里只有一张供工人身体不适时休息用的病床以及一些感冒药、止痛药等普通药物。

所幸车间主任以前也经历过这种事故,于是有些经验的他便用纱布将 K 先生的手腕紧紧扎住,勉强止住了出血,并马上叫了救护车朝附近的医院送去。

当时由于慌忙,忘了找寻那只被切下的断手。事后,才有人从机器下的油污中捡起那只断手送去医院。那只手五指伸开,不见出血,沾满了黑乎乎的油污。

医院采取了临时急救措施,将切断的血管扎住,神经与肌肉暂且不动,只将皮肤盖住,并把断面缝住,然后便将 K 先生与那只断手一起送到离工厂三公里外的州立医科大学附属医院做进一步的抢救治疗。

学会上发表的手术报告,便是那所州立医科大学附属医院做的右手移植手术报告。结果是那只断手不能用,移植的是一位四十二岁死于心脏病的女性的手。

当然,这种情况下,最理想的是在手术中使用患者本人的手。但

K先生的手已沾满油污,而且切断时被刀具严重损伤,有不少横七竖八的伤口,不能再使用了。

同时,凑巧那位女患者一直因心肌梗死住在医院里,在K先生入院两个小时前突然病情发作过世了。该医院的外科医生便随机应变,考虑用那位女性的手进行移植手术。于是,医院马上与其家属商量。正好,那位女患者的父亲也是钢铁公司的职员,所以一切问题都十分顺利地解决了。

因此,奇迹便发生了——三十五岁的男子手腕上移植了一只四十二岁女性的手。

以前这所医院也做过断肢再植的各种手术,而且这次担任手术的加顿教授又是美国手臂外科的著名专家。

由加顿教授主持,皮肤、肌肉、神经、血管一丝不苟地缝接,手术主刀医生整整做了四个小时。

手术结束后,一松开K先生手臂上的纱布绷带,血便一下子流入再植的手中。在场的医生护士激动得顾不上摘去橡胶手套,便相互紧紧地握手庆贺起来。

一般来说,移植四肢的患者的神经、血管、肌肉等总有一些不吻合的地方,会使患者有行动障碍。可K先生的手术却意外地成功,除了手指的力量有些不够之外,几乎与正常的手完全一样。这是神经、血管等缝合得天衣无缝的证据,甚至可以称之为断肢再植手术史上的奇迹。

会场上,放映了K先生用他那再植的手握着榔头干活、握着刀叉就餐、握着钢笔写字等情景的录像。

而且还放了他本人的一段录音:"我感觉再植的手与以前的手没什么两样,我要对提供给自己手的人表示衷心的感谢……"

会场上的医生们也十分感动,录像放映结束后,全场响起了热烈的掌声。

加顿教授当然更是满面红光、神采奕奕。接着,学会的主持人向大家问道:"有什么问题要提问吗?"话音刚落,加利福尼亚医科大学的尼克罗斯教授便举手要求发言了。

尼克罗斯教授首先介绍了自己长年进行断肢再植的一点心得,接着便说道:"我怀着极大的兴趣及敬佩之情听了刚才的手术报告。这实在是一例十分成功的手术,可以说是断肢再植手术登上一个新高峰的里程碑。不过,移植的是别人的手,我总感觉会有什么后遗症或者会与原来的手有什么不同的地方吧?"

听了尼克罗斯教授的提问,身材瘦小但十分精悍的加顿教授便站起身来,他首先感谢尼克罗斯对手术的高度评价,接着便开始切入正题。

"如教授所想的一样,确实有后遗症,或者说确实存在与天生的手不同的地方。"

会场里一下子静了下来,加顿教授不紧不慢地接着说道:

"从录像里大家或许也已注意到,三十五岁的男人移植了四十二岁女性的手,所以看上去那只手显得过于白嫩。"

会场里有人轻轻地点头,表示说得有道理。

"而且,还有一点,是他本人对我说的,就是他去厕所小便,每次小便结束,那只女性的手总是不肯马上松开,这实在是有些小麻烦……"

突然,不知是谁发出了一声轻轻的笑声。马上,像受到了传染似的,整个会场中的笑声如海啸一样高涨起来。

只有加顿教授一人满脸正经,一点笑意也没有。

"本来,我想慢慢会好的,可事实上好像那只手已形成了习惯,看来一朝一夕是好不了了。"

当时在学会上,肯定没有医生会真正相信加顿教授的话。

也许,有些读者会对此表示相信。但是,折居亮介先生听了这事后,本能地感到这话有些下流,随后便认定这只不过是一则笑话。

他之所以这样认为,是因为他本人就是断肢再植的外科医生。

这些话尽管编得有声有色,但专家一听便可听出其中的漏洞来。

首先,迄今为止,心脏、肝脏有可能移植,但四肢的移植,即使是医学最先进的美国,也还从没有过成功的先例。

虽然四肢的骨头、皮肤等局部的移植很早以前就有过成功的例子,但这都要使用本人的骨头或皮肤,即所谓的同体移植。用别人的骨头或皮肤等移植成功的技术,目前还是无法实现的。

特别是报告中说的手腕,中间有骨头,周围有血管、神经、肌肉、皮肤等,这些东西全部吻合得天衣无缝是不可能的。况且还是移植别人的手,又存在男人与女人的差别,光是血管的粗细就大不相同。所以要将这只手移植成功,实际上是不可能的事情。

本来,动物就有高级低级之分,其中一个划分的标准便是动物本身的机体再生能力的强弱。

譬如海星,不管你将它怎样切断分开,它总能再长成原来的样子。动物的再生能力越强,就说明这种动物越低级。反过来,人的各个器官一旦损伤,不要说长成原来的样子了,不引起生命危险便已是万幸了。所以人类的再生能力越低,就越说明人类是高级动物。

具体再说到四肢上，骨头、皮肤、肌肉有比较强的再生能力，因此它们就显得比较低级；而神经、血管、经络等再生能力很弱，所以它们就显得较高级。

再说一下内脏，比如肝脏再生能力强，大脑再生能力弱，由此也可比较出孰高孰低来。

所以实际上，脏器移植的话，某些再生能力强、反应迟钝的脏器或组织更加容易移植。

由此可知，手的移植是十分困难的，更何况是别人的手。所以对于这种将女人的手移到男人身上的术例，稍微有些医学知识的人便会觉得这是不可能的。

然而，讲述这台术例的却是折居医生的恩师——专门从事整形外科、学问一流且不苟言笑的河边教授，而且他说得有声有色，细节也很详尽。这就不得不令人感到有些可信了。但这明显是个笑话，河边教授怎么会想得出来呢？大家不禁在心里画了个问号。

本来，这是在医院的忘年会结束后，七八位中年医生去银座的酒吧喝酒时，河边教授说给身边陪酒的小姐们听的。

这或许是有些调笑的成分，但听了这话，在座的小姐们一齐发出惊叹声并窃窃地笑了起来，大家都觉得这令人难以置信。坐在河边教授旁边的领班小姐怀疑似的追问道："这是真的吗？"

"当然，那人现在还活着呢！"

教授满脸认真，其他医生却神秘兮兮地笑着，小姐们终于悟到这是教授在开玩笑。于是，领班小姐便调皮地拍了一下教授的肩叫道："你这位先生，真坏呀……"

于是，河边教授不得不吐露真相，原来这是去年秋天，他去悉尼参加环太平洋医学会议时，尼克罗斯教授说给他听的一则笑话。

果然，一本正经的河边教授是绝对想不出这种笑话来的，周围的医生同事们终于释然了。

不过，大家的话题却由此转到这个问题上来了。将来如果女人的手真的能成功地移植到男人身上，那么再植的手是不是真会抓住男人的下体不放呢？

在场的女性大都认为这是绝对不可能的，当然男人也有同感，但确实有不少男人感到这样其实是挺不错的。

不过在女性中，也有几位年纪稍大的认为存在这种可能性。于是那位领班小姐不禁担心地说道："这些鬼话如果是真的，会吓死人的！"她一边说着一边对着自己的手掌发怔。

这话在那种场合下不会只是一个笑话，将来也许会成为现实！

科学,特别是医学,正以日新月异的速度进步着,将来如果能移植别人的手脚乃至大脑的话,那世界将会变成怎样啊!世界在教授医生们这么杂谈闲聊之间,时针已指向了十二时,于是大家便起身出店,各自散去。

折居亮介住在离世田谷有些距离的多摩河沿岸的一幢公寓里,平时回到家里也是冷冷清清的,没有一个伴儿。这样的生活,他已经过了将近十年了,当然他并不是一直单身,三十岁时也曾结过婚。

他以前的妻子是他去打工的一家医院里的营养师,妻子的父亲是一家大银行的董事,家境殷实,生活当然也是十分优裕的。离婚的原因,据说是两人的性格不合。这当然只是表面的理由,实际上最大的原因是折居在外面拈花惹草。

折居的相好是与他同一家医院的护士,两人的事情暴露后,妻子的自尊心受到伤害,一气之下便回了娘家。当时他们已经有了一个三岁的女儿,但还是分开了,条件是折居支付了相当数额的精神赔偿金和抚养女儿长大成人的抚养费。表面看来是妻子对丈夫感到厌恶才离的婚,但扪心自问,折居自己也对妻子没有多大兴趣了。

折居的妻子本来就是有钱人家的小姐,也许是从小受着清教徒的教育，所以对夫妻生活有着异常的洁癖，甚至会表现出厌恶的情绪来。这种情况在生了孩子以后也仍然没有改善，她对于折居的欲求总是拒之千里，心思只放在孩子身上。

所以，他们离婚的原因表面上是性格不合，实际上则是性生活不和谐。折居对于这样一位冷淡寡欲的妻子已是真正感到索然无味了。

离婚后，折居曾有几个再婚的对象，但都被他拒绝了。

也许是有了一次失败婚姻的教训，折居对自己是否适合结婚，是否适合囿于小小的家庭之中这件事持怀疑的态度。

说老实话，折居绝不是个安分守己的角色。

与妻子的夫妻生活不能尽情尽兴，他便在外面寻找各种刺激。离婚后更是肆无忌惮，过着到处寻花问柳的放荡生活。

这当然不仅限于折居，事实上男人的心里都是这么希望的。但一旦像折居那样无所顾忌了，再想将自己严格控制在婚姻的牢笼里就变成了一件十分困难的事。因为那已经成为他的基本生活方式或者说生活准则了。

离婚后，折居便是按照这个准则，与好几位女性保持着暧昧的关系。

生活中，他看起来犹如出笼的野狗，四处乱窜，但要与好几位女性同时交往也委实不是一件容易的事。

与女性保持关系密切,不仅需要花上大量的时间与金钱,还要有十分的耐心和谋略。因为女人也是很聪明的,她们一旦感到男人有什么坏的企图便会立即逃之夭夭。

不过,虽说折居离过婚,但因为他是医生,长得又一表人才,所以主动与之交往的姑娘也是不少的。不过,当她们察觉到折居并没有想与自己结婚的意图时,她们往往会选择离开。

于是,最终折居还是单身。这种单身的日子长了,容貌、姿态便会流露出一种疲惫的迹象来。有人说这是年龄一年年增长的缘故,但我认为不对。我认为原因是人一旦没有了家庭的温暖,就会像风筝断了线似的,整日摇摇欲坠、心神不宁。

同事、朋友对他的这种生活时时加以规劝,于是他也渐渐地萌生了重组家庭、过过平常人生活的念头。

从医科大学治疗部毕业后,他一直在这所国立医院工作。也许是这种放荡不羁的生活带来的不良影响,五年前,本该他升任主任医师的机会被比他晚　届的一位医生抢走了。

当然这背后有派系斗争的利害关系,但折居心里却打定主意,再也不想在那家国立医院里待下去了。

他的朋友、上司及同事都为他担心,到处为他寻找新的去处,但折居却认为自己一人吃饱便全家无忧。于是他爽快地提出了辞呈,想找家私立医院就职。

仔细想想,国立医院的工资与国家公务员相同,少得可怜,而且还严格规定不许医生去别处挣外快,医生们收入不多,想自己开诊所又缺少资金,只能心有余而力不足。

所以折居辞职后,便考虑进一家收入多一些的私立医院。于是他找到了自己住处附近的、位于川崎的一家名叫德育会的医院。

德育会的名字听着很是响亮,但实际却是家私人医院。这家医院拥有百十张病床,中等规模,折居在那里找了份外科主任医师的工作。

当然,收入与以前相比变得丰厚了,但由于私立医院讲求经济效益,所以工作不能再像以前那样轻松悠闲。在私立医院工作,这也没有办法,但最令折居痛苦的是,在以前的同事看来,自己的身价大打了折扣。

自己本是同期毕业生中的佼佼者,可到了这种地步,也只能好汉不提当年勇了。

本来在学校时的佼佼者,踏上社会后不一定就会高官厚禄。反之,那些并不怎么优秀的人,却有可能成为一流的教授。折居心想,今后就算了,不必再去顾忌什么地位名誉,还是按自己的方式随心所欲地生活下去吧。

离婚和事业上的不顺,是折居人生中的两大挫折,这使他对人生有了一个新的认识。或许也可以说,这是促使他的生活走向放荡不羁的一个重要原因。

离婚以来,折居交了多少女朋友呢?

除去那些金钱交易的,即使不满十人,也一定超过了五人。

这样的生活太荒唐了,所以即便受人指责,他也没有辩解的理由。没有地位,没有家庭,这一点点浪漫总该被允许吧——折居总是这样安慰自己。

折居每天深夜喝得醉醺醺的,回到家里也没有什么人可以讲讲话。每个星期会有一位女工来帮他打扫一下房间。

今天,那女工来过了,房间打扫得很干净。其实一个人生活,本来就不会将房间搞得太脏。

折居径直穿过打扫得一尘不染,但没有一点温馨感的客厅,进到卧室,一头钻进了被窝里。

忘年会后,他又去喝了几杯,感到有些醉意,但相比醉意,他感觉更深的是一种疲倦。

不知睡了多久,当折居睁开眼时已将近凌晨五点了,只是冬季的窗外还是漆黑一片。

都说年龄大了会早醒,也许有点道理。但自己离五十岁还有一段距离,还不至于到这种地步,折居在黑暗中自己问着自己,双眼在房间里茫然地扫视着。

左边床头柜上那盏一直没关的台灯发出微弱的光芒,将房间里的电视机及被窗帘捂得严严实实的窗框映得朦朦胧胧的。

折居突然想小便,于是起身去了厕所,返身出来转到厨房里,喝了几口冷水醒醒酒,然后又回到床上。

虽然离起床时间还早,但前几天曾经睡过了头,所以今天要当心一些。一旦有了这个心事,折居便无法再次入睡。

于是他便在床上辗转反侧,开始考虑今天的工作。忽然,他又想起了昨夜河边教授讲的那个笑话。

移植到男人身上的女人的手,抓着男人的下体不愿意放开——这从医学角度上考虑是不可能的事。

实际上,折居也目睹过人的手被切断,自己也做过再植的手术,所以对断腕上的那些血管、神经等，可以说是了如指掌。

在那样的断腕上，接上别人甚至是异性的手，是绝对不可能的。

大抵有这方面知识的人都会从理论出发来思考，然后认定这完全是那些对医学一窍不通的人凭空臆造出来的故事，是绝对不可信的。

可是，正因为有这些一窍不通的人的臆造和凭空设想，才会使科学不断进步，这也是不容争辩的事实。

空想乃发明之母。从这个角度上看，昨晚的那个笑话就有着非同寻常的现实意义了。

那位领班小姐说那是鬼话，确实没错，可也许在不远的将来这真会成为现实。

而且在那故事中三十五岁的男人装上了四十二岁的女人的手，这是尼克罗斯教授想出来的，还是河边教授后来自己新发明的呢？这样的年龄安排实在是意味深长，令人回味。

男人三十五岁，正是体力旺盛、最有自信、最敢积极追求女人的年纪。而女人四十二岁，正是充分体验了男人魅力的年纪。

这样的一只手，当然是不肯轻易放开男人的下体的。

还有，那只女人的手，到底是怎样去握的呢？

在男人小便时,有人会用食指与中指轻轻夹着那东西,也有人喜欢用拇指与食指托着,或许还有人干脆一把握住那东西。那么,女人的手到底采取怎样的握法呢?

这样想入非非着,折居不由得想伸手去摸自己那东西了。

当然,折居的宝贝东西经常被自己或别的女性握住。

平时与女性同枕共眠时,女人握住那东西后的反应是非常有趣的。有的人晃,有的人搓,有的人默默地握着一动不动,更有像折居前妻那样,一碰到便视其为不洁之物赶紧将手甩开的。

对妻子的这种行为,折居一开始认为她是害羞。后来尽管折居反复引导,她也决不肯就范。

仔细想想,女人此时的态度正好可以反映她对男人的感情。这当然不能说是绝对的,但她的态度和她对男人感情的深度还是有很大关系的。

这样一想,折居开始回忆起那些与他相好过的女人来。

首先是 R,那是个三十二岁的姑娘,一开始就对折居十分积极,不用被引导,而且动作十分娴熟。不仅如此,在他们第三次做爱时,她还突然把头钻入被窝里……

以前这样的经历也不是没有,但自己不要求便很主动的女人,这还是第一个。折居心里当然很高兴，但同时又会觉得这个女人对男人太了解了，不由得会产生些许异样的感觉。

事实也确实如此，折居对 R 姑娘的过分积极大胆实在是不堪重负，与她交往还不到一年便分手了。

还有一位 A，四十五岁。与其说她对爱情积极，倒不如说是怪异。

起初十分正常，但 A 渐渐地开始往下移，折居猜想她也许会和 R 一样，不料却被她咬了一口。

这突如其来的动作，折居有生之年还是第一次体验，他觉得非常刺激，以致情不自禁地叫出了声。

与这样的女人交往，不仅是做爱，在其他方面也有无穷的乐趣，成熟女人的魅力实在令人神魂颠倒。可遗憾的是与 A 才交往了几年，她便患子宫癌病逝了。

也许是她意识到自己的生命有限，才那样疯狂吧。

最后一位是 S，三十岁，年纪不算小，可对爱情的游戏却与 A 完全相反，不管折居怎么主动引导，她都不肯轻易有所举动。后来折居才知道，她并不是讨厌自己，只是生来羞怯，实在没有男气。

和 S 交往半年后，她终于适应了，但做爱时也只是"轻描淡写"而已。折居感觉她的手在不断地微微颤抖，仿佛是一种不知所措的惶惑感时时在折磨着她的心灵,但折居却因此不由自主地亢奋起来。

就这样,S真正将折居彻底地迷住了,可没过多久她也与别的男人结婚了。

离过婚又人到中年,折居再没有勇气去追S了,只是心里还时时惦念着她,想到她羞答答地在别的男人面前……折居心里会有一股莫名的醋意和惆怅。

本来那只温柔的手应该堂堂正正且毫无顾忌地放在自己的身上!

胡思乱想了一阵子,折居看了看床头柜上的台钟,已是六点了。

天快亮了,不能再睡过去了。

折居这样想着,翻了个身,准备起床。

猛地,折居脑子里出现了Y的倩影。

自从昨夜听了河边教授的笑话,折居在床上想起了不少女人,直到现在才突然想到了Y,这也许可理解为那些女人只是Y的铺垫吧。

与Y见面还是两天以前的事。

也是在现在的这张床上,两人相爱后,折居轻轻地抚弄着Y的身体。Y也柔情万千地伸手响应。

与 Y 交往已接近一年了,一开始是朋友介绍的,一起吃了顿饭后便开始来往了。Y 给人的印象是性格明快活泼,与她广告公司营业员的身份十分相称。

这种类型的姑娘一般来说在性方面是不会令人满意的,可真与她交往后,折居才发觉人不可貌相。Y 出乎意料地积极奔放,而且与时下的年轻姑娘的大胆有所不同,她的奔放是蕴藏在自我压抑的情感里的、连自己都难以把握的激情倾泻。身经百战的折居对此瞠目结舌。

Y 今年三十八岁,标致的脸蛋很是讨人喜爱,想到她从前一定交过不少男朋友,折居心里不免有些妒忌,但想到正因为她有过这么多男友,才会有如此令人销魂的性感,也就不得不心平气和了。

总而言之,Y 对折居来说,是个称心如意的好女人。也许是工作关系,她十分喜欢清洁,每次来折居的家里,总是从卧室到厨房收拾得干干净净的。

Y 在外面是个能干的白领丽人,回到家里又是个勤快贤良的妻子,而且长得又漂亮,夜里的情意又是那么令人神往。

对这里里外外几乎找不到任何缺点的 Y,折居终于产生了想与她结婚的念头。

本来以为自己长年单身，已不再适应被家庭拘束的生活，可自从碰到了 Y，折居便开始改变了想法。

当然 Y 肯定也能察觉到折居的这种愿望，毕竟她也是一个长年单身的姑娘，想来心里也是希望能找个如意郎君的。

折居想，看来自己应该表明态度，征询一下 Y 的意思了。

他本打算过了年便向 Y 正式求婚，但在此之前两人之间却发生了一点小小的矛盾。

这明显是折居的错误，因为他写给前女友 M 的信被 Y 看到了。

私看别人的信件说来并不是件光明正大的事情，但那天夜里 Y 来折居家里时，医院突然来电话说有急诊病人，于是折居匆匆赶去了医院，留下 Y 一人在家。那摊放在桌子上的信，便被 Y 无意间看到了。

信的内容是折居为自己冷淡 M 做的辩解，使用的语言也是十分平常的。

但 Y 看了心里却很不是滋味，事后折居对 Y 做了好多解释，甚至对上帝发誓自己是绝对爱着 Y 的。

但 Y 却并没能表示谅解，她对折居还在与自己以外的女人交往感到十分愤怒。最终，那天夜里两人弄得不欢而散。

慌了神的折居在这之后连着好几天给 Y 打电话，终于在两天前她似乎才消了气,两人又重归于好了。那天,好久不见的 Y 来到折居家里,而且夜里还住下了。

现在回想,当时的 Y 并没有什么变化,还是与平时一样十分主动,还是那样奔放激荡,惹得折居忍不住将她抱得紧紧的。

接下来的游戏是两人都非常熟悉的。

Y 的手十分柔嫩,动作也十分娴熟,折居本来还想与 Y 多进行一会儿,不料 Y 的手却停住了。

怎么啦,Y 是想……

这么想着,折居觑了一下 Y 的反应。只见 Y 突然放开了手,接着用手指朝那上面轻轻地弹了一下。

这是什么意思?

折居并没有感到疼痛,只有自己的东西仿佛被人讨厌一样甩在一旁的感觉。折居不由得盯着 Y 的脸,全身发起热来了。

接下来的一瞬间,只见 Y 猛地翻身起来,犹如一位激情的骑士,整个身体都运动了起来。

以前她也会突如其来地十分兴奋,可像今天这么骑到折居身上却是第一次。

被压在下面的折居这时就像一匹赛马,被骑士的鞭子,催得一个劲儿拼命狂奔。但是那鞭子太激烈了,终于极限之时,折居身上的Y突然发出了一声汽笛似的长鸣。与此同时,折居感到自己的一腔激情一泻而出。

到底发生了什么事?那狂妄的骑士,那激烈的鞭打,那令人心悸的长鸣,这一切的一切都是前所未有的,而且是那样令人感到反常。

特别是刚才Y那手指的一弹,更是反常中的反常。

"今天怎么啦?"

两人平静下来以后,折居忍不住对着Y问道。可她并不回答,只是对刚才自己的行为有些难为情,动作利落地穿好衣服,然后对折居说了声"对不起",便走出了卧室。

"喂喂……"

折居慌忙叫她,但Y已经到门口穿上鞋子,嘴里说着"今晚我一定要回去的",便不顾折居的挽留,开了门出去了。

这到底是怎么了?是公司里碰上不称心的事了,还是突然对折居感到讨厌了?

"女人真是搞不懂呀……"

折居一个人默默地叹息着,不过刚才Y给他留下的心满意足的感受,实在是余韵荡漾。

折居想洗个澡,起身来到浴室,站到镜子前想照照自己的脸色,却发觉台上一团白色的毛巾里有一枚闪亮的别针。

这是女人的别针,是 Y 忘记的?但 Y 平时做事很仔细,应该不会这么丢三落四的呀。

这么想着,折居突然意识到,这是前天来这里的 M 忘记的东西。

那天夜里 M 自己闯了进来,为折居最近的冷淡又是哭又是闹,吵了好一会儿。为了安慰一下她的情绪,折居不得不与她恢复了以前的关系。与决定分手的女人又发生关系,折居心里感到不是很好,但不这样当时又无法收拾局面。

这枚别针一定是那天 M 掉在浴室的什么地方。

是办事仔细的 Y 发现了,将它捡起放在镜台上的。

如果真是这样,好不容易与 Y 修复的关系又完了。

折居十分懊恼,但一下子又不能确认那枚别针是否真是 Y 放在镜台上的。

今夜 Y 的那些反常行为,是否因这枚别针而起呢?

也许是她握在手里突然感到厌恶了,或者是一种别出心裁的爱情游戏。

两天来一直闷在心里的不快,在这凌晨的寂静中如乌云般渐渐在胸中扩散。也许是想拂去这心头的不快,折居狠狠地翻了个身,将眼睛闭得紧紧的。

闹钟响起,已是七点了。折居睁开眼睛,感到脑袋沉重得很。刚才躺在床上胡思乱想了一个多小时,现在头痛是理所当然的事了。

折居起身去厕所,右手在裤裆里掏着,不由怔怔地打量起自己的手来。

如果这是女人的手的话,是不会放开的吧。不!有时反而会突然放开的。

折居对自己的这种想法感到有些荒唐,不过他心里知道这是惦记 Y 的缘故,于是回到房里拨通了 Y 的手机。

现在再不彻底地向她认错,一切都将无法挽回了。

可是电话没人接听,折居留了名字,中午又打了一次,还是没人接听。

无奈,折居只好说上次她突然走了,自己心里很是挂念,希望能来电联系。将这几句话又做了一次留言,折居才挂断电话。

这之后便是难熬的等待,但还是没有回音。一直到了深夜十一点多,电脑里才来了一封电子邮件。

完全是陌生人的语气,是一段短短的话语。

折居先生:

我们的事情,让它结束吧。对你的各种关照,表示非常感谢。

Y

折居读完,不由得叹了口气。

"果然是她……"

话语虽短,但意思是十分明确且坚决的。

那反常的一弹,果然是她分手的信号啊。

也许起初 Y 也是与平时一样握着那东西,但心里的怨恨渐渐聚

集起来,终于愤然不堪,用手弹了起来,这是一种无声的抗议。

"够了,这一切都不要了!"

Y 一定是心里这样抗议着,才那样疯狂地不能自已。

"原来如此……"

事到如今,折居并不想再争辩,实际上要让那样有主见的 Y 回心

转意,也已是不可能的事情了。

自己作为一个男人,被一个女人弹了一下,是很失面子的事。但

是,也只能徒唤无奈。

回想着两天前夜里的那一幕幕情景,那被弹了一下的感觉又悄然而至。

"真是个好女人呀,太可惜了。"折居这么感慨着,想到已是无法挽回的事实,不由得悲痛万分。

一切的一切都是自作自受,罪有应得!

"还是早点睡觉吧。"

那晚折居做了一个短短的梦:

医科大学的医院会议室里,河边教授正在看着一个男人的断腕和一只女人的断手的 X 光片,说他准备做一例断手再植的手术。

手腕的断面和准备移植的手都符合条件。最后,教授问大家还有什么问题要问。

周围没有人提问,折居见此便举起了手。

"这手术也许会成功,但我认为应对手的习性做一下仔细的调查……"

"这是只女人的手,喜欢男人的习性是在所难免的。"

"可是,不仅仅是喜欢,有时也会狠狠地一弹。"

"你这话什么意思?我不明白。"

河边教授以及在座的全体医务人员都将目光对准了折居。折居用一种郑重其事的语调缓缓地继续说道:"因为女人,是很容易喜怒无常的。"

然而,教授与其他医务人员没有理会折居的意见,纷纷各就各位进入手术室。回过神来时,折居发觉偌大的一间会议室里,只有自己一个人孤零零地站在墙角。

结婚戒指

这是从一开始就明明白白的事情。

桑村纪夫左手无名指上戴着的是结婚戒指。

森谷千波第一次看到那戒指是一年以前,因春季人事调动,桑村从营销部调来千波的总务部当科长时。

以前的科长,人有些发福,看上去显得老气横秋,与他相比,桑村身材修长,当然就要显得年轻精神了不少。千波打听了桑村的年龄,才知道他已四十岁,只比前任科长小一岁。虽然桑村在公司里也算不上年轻有为,可新上任的形象却给人耳目一新的感觉。

千波注意到他左手无名指上的戒指,是他调来总务部几天之后的一个下午。

按规定千波将整理好的会计发票拿去让科长盖章,桑村很客气地点头笑了一下,接过了发票。

然后桑村便一张一张地审着看,在科长的位置盖上自己的章。这时他是左手按着发票,那无名指上的戒指便十分光芒夺目。戒指是白金的,款式很平常,只是显得比一般的戒指宽一些,估计有七毫米宽,上面还刻有阿拉伯数字似的字母。

这戒指戴在修长而粗犷的男人手指上,并不显得怎么气派,不过那戒指平常朴实,戴在桑村手上却显得十分相称。

公司里戴这种结婚戒指的人也有几位,但不是显得太做作,就是有些娘娘腔,总不能使人感到自然相称。

与此相比,桑村戴上那戒指就显得十分自然,让人一看到那戒指就感到一种男人的气势,感到这男人背后有一个温馨的家庭。

桑村一张一张地盖着章,千波站在他面前一直看着他手上的那枚戒指,大概盖了有五张发票吧,千波一直是目不转睛。终于桑村将章全部盖完了,抬起头来十分和气地说:"辛苦你啦。"然后依然是那么温和地给了千波一个微笑。

千波慌忙地笑了笑,"谢谢你了",她一边道着谢,一边转身离去。

不知什么缘故,千波此时觉得,科长座位背后的窗玻璃上已挂满了雨珠。樱花已经谢了,本来也不是少雨的季节,只是在千波的感觉中，这雨似乎带着一种浪漫的情趣。

世界上的事情有很多本来是坏事，可往往会通过某种契机变为好事。桑村科长手上的戒指也正是如此。那枚戒指说明他已结婚，夫妻十分恩爱。只是一般情况下，一个大男人戴着一枚结婚戒指，会给人一种扭怩做作、故作姿态的感觉，但桑村却没有，他戴着戒指反而使人感到他是个足以令人放心的好上司。

千波的公司是从事清凉饮料贸易的，东京总公司就有一百多名职工，职工当中单身的男子很多，与这些同事偶尔一起出去吃一两次饭，他们便会自作多情地向千波胡搅蛮缠起来，求婚、同居等，什么要求都会提出。

与这些男人相比，桑村一开始就戴上结婚戒指，堂堂正正地向人宣告自己已经结婚，这种做法实在是十分有男子汉气概，同时也十分让周围的女同事安心。

当然，千波对桑村感兴趣的不仅仅是他戴的那枚结婚戒指。

与之前的科长相比，他显得年轻精神，对工作十分热心，对部下又非常体贴关怀。

有一次千波的同事康代将加班津贴的计算搞错了，桑村发现后十分贴心地向她指出,当康代向他承认错误时,他又十分大度地安慰说:"数字太多了,偶尔出错也是在所难免的嘛。"

当然,这么说不是等于桑村对部下放任不管,部下有什么不对,他还是会毫不犹豫地批评教育。

千波不喜欢以前的科长,因为那家伙老是看上司的脸色行事,一味地欺软怕硬。他对来公司办事的其他单位的人员,见好欺负的便声色俱厉,这么一个大男人,竟会如此没有教养,千波在对他表示愤慨的同时,又为他感到可怜。

桑村科长就不同了,该对上司说的,他都大胆地说,对外来人员态度也从不傲慢,一切都显得十分有分寸,十分有修养。

千波进公司已三年,今年二十五岁了,总算对这种职员生活习惯了一些,对每个上司也有了自己独特的看法与评价。

在这些上司中,桑村是千波最尊敬的一位。

当然,在其他女职员中,桑村的评价也是不错的,千波的好朋友康代也十分赞赏地评价桑村是个"不错的男人"。

当时,千波见康代这么评价桑村便提醒她说:"他可是有妻子的人呢,看那戒指就该明白了。"不料康代反而说得更透彻了:"这样,不是反而更安全吗?"

千波应桑村之约一起进餐是半年以后十月份的一天。

那天下午,桑村要千波将明天早上开会用的东京都内各分公司的销售金额统计表复印三十份。因为是桑村要求的事,千波很高兴地接受了下来,可一直干到下班还没有完成,好不容易做完时,已是晚上七点多了。

这期间,桑村似乎在忙着其他工作,好几次在办公室里进进出出的。等到千波将复印好的统计表交给他时,他亲切地说了声"辛苦你了",接着突然邀请道:"没事的话,一起去吃晚饭怎样?"

千波一下不知所措,不过马上便安慰自己不过是上司邀请部下,于是点头答应了。

桑村去的餐厅是在离公司所在地涩谷有一段距离的原宿,那是一家意大利餐厅。

桑村的家是乘中央线到立川下车,千波也是乘相同的车在阿佐之谷下车,所以桑村便找了家靠近中央线的餐厅。

餐厅在一幢大楼的地下一层,门口十分狭小,但沿着一条灯光暗淡的通道朝下走去,便是扶手宽大的楼梯,再下面便是餐厅了。虽说是地下,但天花板很高,墙壁与楼梯只用红与黑两种色调,整个餐厅显出一种宽容、安定以及神秘的氛围。

以前千波也跟公司的上司一起出去吃过饭,但去的餐厅都是大众化的,气氛热闹且嘈杂,像这样时髦的餐厅还是第一次。

"这里,你常来吗?"

在店堂深处的一张桌子,千波与桑村相对坐下后,千波开口问道。桑村回答说:"难得来的。"但从他与穿黑礼服领班的亲热讲话态度来看,他是这里的常客。

这种餐厅,他经常与什么人一起来呢?千波不由得猜测着,但又不好问他,只好默默地将一本大大的菜谱打开,把自己的脸罩得严严实实的。

平时与朋友就餐时,点什么菜是没有顾忌的,可今天是与桑村单独吃饭,千波感到有些紧张,所以犹犹豫豫地无法定下来。见此情景,桑村便建议说这里的海鲜沙拉和奶油蒸鲷鱼十分可口,于是千波便要了奶油鲷鱼,此外桑村又点了烤小羊排和意大利空心面,最后他又征询千波的意思说:"来一些红酒好吗?"千波点头同意,于是桑村便要了一瓶特斯加纳的红酒。

望着十分干脆利落却颇有绅士风度的桑村,千波感到一种孩子靠在大人怀里似的安心,同时心头浮起一种异样的温情。

两个人就餐时的话题当然是一些有关公司里的事情。起先讲了一些有关产品广告的事,慢慢地桑村似乎对千波信赖起来,再加上美酒的催化,他的话开始多了起来,渐渐地竟对工作发起牢骚来。

"总想着今后干些有意义的工作……"千波也这么撒娇地埋怨总务部的工作杂务太多,在这种部门里是学不到什么本领的。桑村也颇有同感,并且安慰道:"马上要配置电脑了,你先好好地将电脑学会。"

千波的心情渐渐地浮动起来,随着酒意上涌,她感到桑村手上的结婚戒指有些不自然。

"这枚戒指真漂亮呀,与你夫人的是一对吧?"

"很爱你的夫人吧?"

这样的话要是说出口,他会有怎样的反应呢?

千波这样想着,同时又不由得想起以前听公司同事说桑村的妻子今年三十七岁,比他小三岁,有一个十岁的儿子,而且她还听说桑村的妻子是以前他在横滨分公司工作时的同事,是分公司有名的美人。不过他们夫妇的性格是否相合,生活是否美满,千波是无法想象出来的。

趁着酒意,千波真想问些使桑村难堪的问题,但到底没有勇气开

口。菜上完了,最后一道蛋糕甜点端了上来,千波终于期期艾艾地说道:

"这戒指,真漂亮呀!"

一刹那,桑村的视线在握着叉的左手上扫了一下,嘴里轻描淡写地说道:"是吗?"说着便若无其事地用刀切起蛋糕来。

千波感觉他明显是在逃避这个话题,但并不显得怎么难堪。

吃了甜点后,又喝了咖啡,一起走出餐厅已是十点多了。

空气湿润得似乎要下雨,桂花的芳香沁人心脾,千波知道这里虽说是原宿的闹市,但周围是幽静的住宅区,这桂花香便是从那里传来的。阵阵桂花的飘香中,桑村叫住了一辆出租车,两人坐了进去,到新宿,然后再一起乘相同的列车回家去。

十点多了,但车厢里还相当拥挤,两人并肩站着,不一会儿便到了千波住的阿佐之谷车站。

分手时,千波又一次对今天的晚餐表示感谢,桑村也还是与刚才在餐厅时一样,以稳重的语气道:"浪费了你的时间,路上当心呀。"

千波下了车,站在月台上,桑村显得有些不好意思地看着千波,列车启动的一瞬间,他向千波轻轻地挥了挥手。

千波也相应地挥着手,可眼睛却分明看到了他那抓着吊环的左手手指上的那枚戒指,不由得喉咙里好像被骨头卡住了似的很是难受。

从秋天到冬天,桑村约千波一起吃了三次饭。

每次都只是他们两个人,而且第三次吃饭后他们又去酒吧一直喝到末班电车的时间。然而桑村的表现始终十分有分寸,从没有超越上司与部下的界线。

在千波看来也是一样,桑村的态度很绅士,而且他手上的那枚戒指,又时时给千波一种安全感。

换句话说,桑村手上的那枚戒指使千波感到有些刺眼的同时,它的存在也已成为桑村与千波之间感情的防波堤。

可是,千波或许就是太相信这防波堤的作用了,竟没有发觉这防波堤的基础正在渐渐地下沉,马上就要失去阻止爱情之潮侵蚀的能力了。

事情发生在三月初的一天,大家因公司财务年度结算,忙得不得不加班,而老天也似乎特意凑热闹,从下午开始就阴雨绵绵,接着雨水变成冰珠,到了晚上终于飘起了雪花。

千波担心回家的电车会受天气影响不能正常运行,但看到桑村也在加班,便放下心来,工作结束时已是八点多了。

屋外的雪更大了,于是桑村便顺理成章地邀请千波一起去吃晚饭,千波也很乐意,两人便去了附近的商业街,进了一家寿司店。

寿司店吧台前的电视机里正在播放入夜后交通出现混乱的新闻,桑村好像并不太在意,受其影响,千波也不再担心。

两个小时后,他们出了寿司店,雪还在继续下,有一部分积雪融化了,路上像铺了一层冰激凌似的,平时还应该十分热闹的商业街也显得人影零落。只能偶尔看见几个撑着雨伞步履匆匆的行人。

桑村撑起自己的伞,将千波拥到伞下,好像突然想起似的说道:"再去喝一会儿吧。"

已经十点多了,千波又不想一个人回去,于是便跟着桑村乘车来到新宿的一家宾馆的酒吧里。

酒吧位于宾馆的二十一层,从窗户可以看到外面大朵大朵纷纷扬扬的飞雪。两人找了个背对窗户的位子坐下,桑村要了马天尼,千波要了金特尼。两人轻轻地碰了一下杯,在暗淡优雅的灯光中喝了起来。千波渐渐地忘记了窗外的雪,而对桑村手上的戒指开始在意起来。

桑村的左手随意地托着下巴,不知何处射来的灯光将那枚戒指照得闪闪发光。

千波趁着酒意，将脸朝着那枚戒指缓缓地凑了过去，问道：

"这戒指，是一对吧？你夫人也戴着一枚吧？"

桑村猛地放下托着下巴的左手，慌慌张张地伸到吧台下面。然而，千波却一下将那只手抓住，用自己的手指按在那戒指上娇嗔道：

"别藏起来呀，这样很漂亮的嘛。"

"对上司，不能这么嘲笑的哟。"

"没有嘲笑，漂亮的东西就是漂亮嘛。"

对千波的话，桑村没有表现出进一步的反应。沉默了一会儿，他好像下定了决心似的挥了一下手道："你等一下。"说着便起身出了酒吧。

也许是去厕所了，或是给家里打电话。千波一边喝着酒，一边等着桑村回来。可好一会儿不见他回来，也许是刚才的话有些过分，惹他不高兴了。这么担心着，桑村终于摇摇晃晃地走了过来，嘴里嘟哝着："走吧。"

看来是不高兴了，桑村也不等千波的回答，径自一个人走出了酒吧，在走廊里站着。

"对不起……"

千波向他打招呼，他也不答话，一声不响地乘上了电梯。电梯下到了八楼,突然停住了。

怎么在这里停住了呢? 千波还在纳闷,不料桑村推了一下她的肩,说道:"下去。"千波身不由己地下了电梯。桑村还是不声不响地朝前走着,终于,他在 816 号房间前停住并掏出钥匙打开了房门。

确切地说,到了这个时候,千波对桑村的企图还没有真正理解,事后想想,桑村离开酒吧的那会儿便是去服务台订房间的。

进了房间,看到一张大大的双人床,千波这才感到问题有些严重,可身体已在瞬间被桑村紧紧地抱住了。

"放手……"话还没出口,嘴巴已被他的嘴唇堵住,人也随即倒进了软绵绵的大床里。

"爱你……"耳边响起桑村的声音。"这种事情……"千波刚想反抗,可另一个念头却将她的反抗压得服服帖帖的。这念头便是: 与桑村这样的男人,偶尔有这么一个晚上也是不坏的。

"求你了……"

桑村的声音更加柔和,随即手上的动作开始粗鲁起来,千波衣服的胸襟已经全部被打开了。千波本能地扭着身体反抗了几下,但当自己的乳房被桑村的手紧紧地捂住,当自己的目光窥见桑村手指上那闪着白光的戒指时,她感到自己仿佛正在聆听一个古老而遥远的故事……

千波微微地抖动着肩膀,无声地抽泣着。其实她心里并没有感到怎么悲伤,只能说这种哭泣是一个姑娘非常自然的感情流露而已。

这感情里,有与自己敬重的人如愿以偿结合的喜悦,有事到如今如何是好的迷惘,有些许的懊悔,也有一种奇妙的欣慰。总之,这眼泪是复杂的,然而,桑村却一点也不明白,只当千波是伤心地哭了呢。

"都是我不好……"

对着胡乱套了一条裙子、上身还裸露着躺在床上的千波,桑村一个劲地点头哈腰赔不是。

说心里话,刚才桑村的行为出乎预料地粗暴且蛮不讲理。与千波以前交往的年轻朋友相比,桑村有着相同的亢奋与冲动,然而却缺少一种作为中年男人的稳重、柔和以及技巧。

可千波对他的这种粗暴、蛮不讲理并不感到讨厌,反而觉得他人到中年还能具有这种年轻人的激情和笨拙,正说明他不是个情场老手,而是个令人放心的男人。

"你生我气啦?"

桑村不安地追问道。千波看上去虽然还在轻轻地抽泣,但并没有生气。于是桑村便又轻轻地将手顺着千波的脖子朝她的左肩抚摸着。

猛地,一种坚硬冰冷的感觉使千波激灵了一下,原来是桑村手上的戒指。

于是,这种坚硬冰冷的感觉在黑暗中迅速地扩大,千波感到肩膀以上就像被灼热的烙铁烙了一下似的疼痛不止。

"好了,好了……"

桑村进而用手抱住千波的肩膀,千波不由得猛地将身子缩起。见此情景,桑村疑惑地问道:

"怎么啦?"

"我……想回去了。"

一下子两人都没有了语言,好一会儿千波的身子又使劲地缩了几下,桑村这才不敢再造次,快快地将手从千波肩膀上拿开。

"我住在这里,给你叫车吧。"

"不用了。"

就好像家里有重大使命催着她尽快回去似的,千波在黑暗中摸到了自己的内衣,逃也似的进了浴室。

越过了一条线，男人与女人的关系就快速变得如胶似漆了。

千波与桑村也一样，从那天以后，他们每半个月约会一次，当然不仅仅吃饭，最后总要去宾馆游戏缠绵一番才会尽兴。

当然，一般是桑村主动邀请，千波也都会答应，但两次里，她总有一次会找理由回绝。

千波答应桑村的邀请，是因为心里真正地喜欢他，但同时又感到与一位有妇之夫陷入太深的关系中，有着不少的恐惧与不安。

在公司里，千波对桑村还是部下对上司的态度，但桑村却有些耐不住地时常用热切的目光去看千波。每当这种时候，千波总会感到自己的脸上火辣辣的不自在。但除了这不自在，一到公司里，千波便感到自己置身在桑村温和的柔情包围之中，心里就会产生一种舒适安然的幸福感。

好在两人的关系在公司里还不为人所知，但这其实只是他们两人自己的感觉。那些敏锐的女同事们，也许已经察觉出苗头了。比如，坐在千波边上的康代曾向她意味深长地问道："你有什么事瞒着我吗？"所以看来这件事被人察觉，只是时间早晚的问题了。

直到两人关系非同寻常了，千波才感到，桑村外表看上去显得稳重，可内心里却有着年轻人的幼稚和冲动，这对千波来说真是又喜又愁的事情。喜是因为自己对他有着充分的吸引力,愁是因为觉得他那少年般的任性不知什么时候会将事情弄得一团糟。

"今晚六点,在公园前的特罗雀咖啡店里等你,你不来我就永远等下去。"

每当这样少年般的话语传到千波耳朵里,她总会情不自禁地灿然微笑起来。

不过千波有时也会恶作剧似的回答:"今天,家里有事必须早回去,你也早些回去,好好地服侍服侍你那宝贝夫人才是呢!"

每当千波将这种恶作剧似的话语传给桑村时,她的眼前总会闪现出桑村左手无名指上闪亮的戒指!

戴着那样漂亮的戒指,心却花在别的姑娘身上,真是良心坏了的家伙、阳奉阴违的家伙、千刀万剐的家伙。千波的感情渐渐地认真了起来,最后便会毫不犹豫地拒绝桑村的邀请。

不过事后,千波又会马上有些后悔,会自我安慰:他是有家室的男人,与他在一起终究只能是逢场作戏。千波这种游移不定的心情,桑村似乎也有所察觉,于是当两人相爱后,一有时间桑村便会对千波大献殷勤。

"像你这样美丽的姑娘,我是第一次碰到。"

"像你这样有魅力的姑娘,世界上没有第二个了。"

"我现在最爱的就是你了。"

"你如果不到公司来,我真不知道怎么过呢。"

如此这般,语言是有些庸俗,但这些话作为枕边的呢喃细语,再时时将"你"换成"千波""宝贝"等,确实有着相当的感染力。听了这些话,千波不由得感到浑身舒服。

特别是在那个樱花凋谢的季节,有一天,桑村漫不经心的一句话,着实让千波的心为之动摇了好一阵子。

"近来与老婆,老是不对劲。"

桑村在千波面前说起自己的妻子,这还是头一遭。

"为什么?"

是桑村的妻子发觉了千波的存在,还是男人纯粹为了安慰自己的情人的一种伎俩?

"真的吗?"

听了千波的问话,桑村认真地点头继续说道:

"是真的。"

桑村的神情看上去十分真诚,千波不由得柔情万种起来,温情脉脉地靠在了桑村的怀里,说话的语气也变得格外关切起来。

"别瞎想，不要紧的，你夫人是爱你的。"

虽然嘴里这么说着，可千波却不由得浮想联翩起来。

要是桑村与他妻子真的关系不好，最终分手的话，他也许会向自己求婚吧。他的妻子儿子走了，我成了他的夫人，大家一定会祝福我的，我便能一跃成为科长夫人了吧。

这样一想，千波便不再感到与桑村的关系有什么不好，反而觉得自己是在他最困难的时候能与他同甘共苦的人了。

虽然千波十分清楚这种想法不可能实现，但她还是希望从桑村嘴里听到自己希望听到的话。

也许是察觉到千波的这种心情，桑村在之后的约会中便意味深长地说道：

"这样不死不活的生活，不会太久的。"

千波陶醉于此，桑村的话也更透彻了："与我那老婆比，你不知道要好多少倍呢。"

千波更加不能自已，柔情似水地将脸贴到桑村胸前，桑村也十分多情地用手轻轻抚弄着她的耳朵。

突然，千波感到自己的耳朵有些冰凉的感觉，慌忙将头扭开，一把抓住桑村戴着戒指的左手，将它推了出去。

不知道怎么回事的桑村，迷惑不解地看着千波的脸，马上领悟到了她的意思后，只好尴尬地将左手放到了身子后面去。

说老实话，与桑村相爱时，千波就对他左手的戒指有着异样的感觉。

千波认为如果桑村真正爱自己的话，就应将那戒指摘掉才是。手上戴着象征着已婚的戒指却又在干着追求别的姑娘的勾当！

对外表风度翩翩的桑村有如此的行为，千波委实对他的迟钝而感到无可奈何。

她确实喜欢桑村，也感觉他是个可以依靠的人，可是在与他的交往中，甚至在与他的做爱中，总是不能百分之百地投入，这不能不说是与他左手的那枚戒指有着很大关系的。

这一点，桑村现在好像有点明白过来了。不，也许他早就明白了，只是他觉得马上将那枚戒指摘掉，反而会使千波感到太突然而将事情弄巧成拙。

在千波将桑村的手推开的一星期后，两人再次见面时，桑村左手上的那枚戒指总算消失了。

千波是在咖啡店里与他约会时发现的，但却装作全然不介意的样子。桑村本来是想做一些解释的,但见千波没有反应,便也不好意思唐突地说什么了。

喝过了咖啡,两人去道玄坂的烤鸡店就餐,桑村存心用那只左手一次一次地去取烤鸡串,但千波也还是坚持视而不见。

最后,两人去了旅馆。千波去浴室冲了凉,换上浴衣出来时,桑村亲切地招呼道:"快来呀!"说着用左手将千波搂到怀里,见千波还是没有反应,这才忍不住将左手伸到千波面前道:"这下干净了吧?"千波这才微微地点了点头。

依桑村的想法,是自己按千波的意思将戒指摘掉了,千波应对此说些感谢的话才是,可千波此时却有着不同的心情。

当然,从咖啡店到旅馆,千波好几次看到了桑村摘掉戒指的左手,但他那摘去戒指的无名指上明显还留有一道白白的戒指痕迹,千波也是看得清清楚楚的。

其他手指的皮肤都被阳光晒得黝黑而健康,只有那道戒指的痕迹异常惨白。

"真门呀。"千波正想这么说着调节一下气氛,桑村的双手已经将她抱住,嘴唇随即凑了上来。

"等一下……"

千波压低着嗓音拒绝道,可桑村却依然不顾一切地将她推倒在床上,少年似的猴急般在她身上胡乱抚弄起来。

这已经是重复了无数次的习惯游戏了,千波也无意再挣扎,任凭桑村将自己反复地折腾,可她脑子里始终抹不去那道白惨惨的痕迹,那道痕迹就像一道雪白的墙壁,将两人隔了开来。

"舒服吗?"

完事后桑村总喜欢这么问千波,千波只是看着天花板机械式地点点头。于是桑村安心地闭上眼睛,一会儿便进入了梦乡。

早上一大早出门,到公司又要繁忙地工作,到了夜里终于浑身轻松,尽情地喝了酒,尽兴地做了爱,人累得精疲力竭,很快进入梦乡也是情有可原的。

千波对桑村的这一切就像慈母关爱儿子似的体谅他,可对他手上的那道戒指痕迹,心里还是有种说不出的滋味。

这手指刚才还在千波身上热情地舞动,现在已安安静静地搁在桑村的胸前。

屋子里的灯光虽说淡淡的,但桑村手上的痕迹还是十分醒目。

千波撑起上半身,将内裤穿好,不由得陷入了沉思。

眼前的这张脸,手指上那鲜明夺目的白色痕迹,是这个人几十年的人生岁月刻下的痕迹。

当然，这个人的夫人，手指上也有这么一道雪白的、擦也擦不掉的痕迹。

也许他是为了自己将戒指摘去了，这是他对自己的一片诚心，但是具有讽刺意味的是，他这样将他与妻子长年累月积下的爱的痕迹明明白白地暴露在人前，使人感到他是在向人夸耀着他与妻子之间的亲密无隙。

当然，他是不会有这种想法的，只是千波觉得这痕迹像素缟缠身的幽灵似的令人毛骨悚然。

"结束吧……"

淡淡的灯光下，看着那道明显的戒指痕迹，千波小声叹息道：

"一切，该结束了。"

有一段时间，千波曾幻想自己能取而代之，成为桑村的妻子，但现在悟到这几十年岁月中结成的情感，自己是无论如何也比不过的。

"谢谢。"

现在，千波心平气和了，一点烦恼也没有，她虔诚地对着桑村深深地致礼道谢。

这个男人与他的妻子，竟有着如此深刻的爱情，千波以前一点儿也不知道,还一个劲儿梦想着取而代之。现在想想也实在太愚昧了,可是事情不到这个地步,是无法明白的。

"再见。"

千波轻声地对桑村说。动作轻盈地穿好衣服后,在旅馆的便笺上写道:

      谢谢你给了我很多很多的爱。希望不要再把那枚戒指摘下了。再见!

千波

也许桑村在见到千波的便条后也不会明白她的心情。

但是,明天他便会回到与他有着相同戒指痕迹的妻子身边,而千波则会又去寻找新的恋人,去远方开始新的旅行。

"再见……"

千波又一次看了看睡得香甜的桑村的脸和他手指上的白色戒指痕迹,为了不惊醒他,轻轻地打开门,沿着夜深人静的走廊朝电梯走去……

后遗症

　　要向人造器官这样精密而且必须具有尖端技术的医学领域挑战,必须克服好多横在中间的难题,这绝不是一件简单的事情。

　　譬如说,外科领域最令人烦恼的,便是发明了某种新的医疗方法后,如何在人体上实际应用这一问题。

　　当然,一种新的方法产生后,应首先在动物身上试验,等到成熟后,确认安全了才能正式在人身上应用。但这是个非常慎重的工作,无论怎样小心谨慎,动物与人到底是有些不同的,所以还是会发生一些意外。

　　从这个意义上讲,医学,特别是外科医学,为了向新的高度迈进,牺牲一些患者也是无法避免的事情。

　　例如,二十世纪六十年代对严重的肺结核患者都采用手术治疗,当时这种切除结核病灶的手术是十分危险的,平均三例中便会有一例死亡。但过了十年,到了七十年代,失败的概率便下降至十分之一以下,再到了八十年代,结核病患者就根本不用动手术了。

当然,手术水平的显著提高离不开麻醉、输血以及术后护理等辅助医疗技术的相应提高。但是,不管怎么说,外科医学水平的提高都是最重要的因素。

而且,为了外科医学水平的提高,在一项技术还没有完善时便冒险接受治疗并遭受不幸的患者,我们也不能忘记。因为他们是为了医学的进步,贡献了自己宝贵生命的人!

当然,也许他们如果不接受手术,就不能恢复健康。但对他们来说,他们已是重病之身,无论是选择苟且偷生,还是选择冒险治疗,都是他们的自由。

或许有人认为,这些遭受不幸的牺牲者只能怪他们生不逢时、命运不济。

但是,作为外科医生,是绝对不允许这些牺牲者白白牺牲的!

因为当某种手术还处于实验阶段时,肯接受这种手术治疗的患者,对医生来说,是最可靠的人,是肯与医生一起向医学高峰攀登的最勇敢的挑战者。所以,医生应该为他们的勇气而感动,并且决不让他们做无谓的牺牲。

譬如说,六十年代时,结核手术的技术尚未完善,因此牺牲的病人多达一千人左右,但正是他们的牺牲,积累了经验,结果使十万人得救。

这种情况下,有的医生也许会以一千比十万,认为自己的所作所为没有错。

然而,这仅仅是从数字上来看待问题而已!

一千对十万,孰多孰少一目了然,然而人的生命是不能用数字来表示的,一千名牺牲者的代价太大了,即使拯救了十万人的生命,也不是一件值得夸耀的事情。

这种意见,也许看上去十分人道。但又有一种意见认为,如果拘泥于一千人的生命,结果便十万人的生命不能得救,医学的进步将永远得不到实现。

这两种意见孰是孰非? 作为一名外科医生又该如何判断呢?

这当然是分为两派的:一派认为即使牺牲一千人也应果断地前行;另 派认为应该避免牺牲,利用已知的治疗技术进行保守治疗。

很明显,前者往往容易发生危险,而且还会承受世人的非难,但他们最终却能为患者找到一个彻底治愈的方法;后者虽说暂时完全可靠,但结果会导致一事无成,于医学一无所益。

在日本的医生中,后者的类型是占绝大多数的,这也许是由日本社会的不求有功但求无过的价值观念和喜欢模仿的民族性决定的吧。再进一步说,那些媒体宣传与舆论的推波助澜也起到了不小的作用。

当然,新生事物并不一定都是十全十美的,有些新生事物产生的副作用和后遗症也是不能令人忽视的。

不管怎么说,人体器官移植和人造器官这种要求严格的手术水平的提高,是免不了以牺牲部分人的生命为代价的,同时也在某种程度上会受到社会及舆论的抨击与非难。尽管如此,还是有很多迎难而上者,他们一定是拥有相当的勇气、信念及精神力量的。

现在去看一下站在外科医学领域最尖端地位上的,绝大多数是美国医生,其次是欧洲的,再其次是澳大利亚的。

当然,日本的医生也是有的,但大多数只是在著名的美国医生手下当助手或学生。这也许就是日本医学大大落后于时代的一个原因。

在这一次全美人造脏器学会上,发表引人注目的新成果的几乎全是美国学者。

其中引起人们最大关注的是加利福尼亚州立医科大学的沙

蒙·海利斯教授发表的治疗变形性股关节炎晚期患者的"大范围人工股关节置换术"和圣迭戈心血管研究所的伊沙贝罗·简特教授发表的治疗脏器器质性病变患者的"完全人造脏器置换术"这两例研究报告。

这是学会开始的第二天下午,讨论的课题为"人造脏器之最新技术",参会的医生挤满了会场。

会议的主持人——新南威尔士医学研究所的斯密茨所长做了简短的致词后,海利斯教授便上台发表了他的"大范围人工股关节置换术"的演讲。

一开始,海利斯教授便一边放幻灯片,一边说明。

患者是位五十一岁的男性,从二十几岁开始,走路时感到左股关节有些轻度的疼痛和肌肉僵硬,同时他感到关节活动有障碍且行走困难。

为此他去洛杉矶市民医院就诊,诊断为先天性股关节脱臼而引起的变形性股关节炎,当时医生要求他开始服药并在家休息。但是患者是位律师,不可能老待在家里休息,平时感到疼痛减轻了些,便外出工作,于是他的病情开始渐渐恶化。到四十岁时,医生劝他动手术,将大腿骨颈部的骨头取掉。

但是他认为手术也只是一时的行为,所以没有听医生的劝导,只是继续服用止痛药维持现状。然而他的病情继续恶化,终于连现状也维持不下去了,等他找到海利斯教授接受治疗时,脚已经只能抬起几厘米了,拄着拐杖也只能走百十来米,上下楼梯对他来说更是难上加难。这次检查的结果是他的股关节有严重障碍,花好长时间双腿前后也只能跨出三十度的步子,日本式的跪坐已经不可能了,坐在椅子上超过一个小时便会疼痛不已。

从幻灯片上的局部X光片中可以看出,当时患者的大腿骨外侧已经脱出,呈现出所谓的亚脱臼现象,骨头也如虫蛀似的损坏得厉害。起支撑作用的臼盖也明显变形,失去了其应有的作用。

另外,左右股关节相比较,那只无病的右腿的关节虽说变形不太厉害,但因为它要加倍地承受左脚离地行走时的重量,所以其变形也已到了不可忽视的程度了。

从X光片上可以看出,最严重的是患者的臼盖上部骨盘已全部粗糙发脆,骨质疏松症已发展到十分严重的地步。传统的骨质切除和臼盖整形手术已难以奏效,必须将骨盘的下半部分完全置换掉,即进行所谓的"大范围人工股关节置换手术",才有可能使患者康复。

手术是在全身麻醉的状态下进行的,首先将骨头与臼盖中坏死的部分摘除,然后装上螺丝固定的臼盖,再在臼盖上镶入相应的人造骨头,最后使其与大腿上部的骨头吻合,到此手术就算完成了。

从幻灯片上可以看出,新装进去的人造骨头是钴铬合金材料制成的,臼盖上螺丝的洞孔则是用高密度的聚乙烯制成的。

手术用了两个半小时,术后护理不是采用局部上石膏,而且采用将整条下肢固定在海绵肢架台上的方法。手术后四天半可以轻微地活动,三周后便可进入练力浴槽进行锻炼和在床上进行牵引运动了,一个半月后便可在水池里行走,两个半月后便可以拄着拐杖练习正常行走了。

患者三个月出院,以后定期去医院接受检查和进行康复治疗。X光片资料完整地显示了迄今为止患者肌肉恢复的过程。

现在已过了三年半,疼痛已几乎没有,步行两公里已没有任何困难,如中途休息几分钟完全可以步行数公里。

从幻灯片上还可以看出,关节活动前后三十度的角度,弯曲一百度也完全没有问题,起立就座动作也完好如初。

另外右腿股关节变形也得到了控制。

患者全身状况也良好,身体上的痛苦解除了,精神也开朗了起来,不得不中断的律师工作,也于两年前重新开始了。

幻灯片的最后，是身着条纹西服、右手拎着公文包、从汽车里下来朝自己办公室走去的患者，满脸堆笑地向观众挥手致意的镜头。

　　海利斯教授收拾好幻灯片，向给予自己在这次学会上发表研究成果这一机会的斯浦松会长致礼，然后走下了讲台，同时会场里响起了一阵对海利斯教授表示祝贺和赞赏的雷鸣般的掌声。

　　接下去是伊沙贝罗·简特教授的讲演。

　　他也是一边展示幻灯片一边讲解，只见幻灯片上一名头发几乎脱尽、脸色苍白、眼睛鼓凸的青年，穿着一件白色的衬衣。

　　这青年患者三十四岁，手术前常年卧床生活。他唯一的运动就是扶着手推车去厕所，但这也已十分难为他了。

　　他的症状是咳嗽与呼吸困难交替出现，特别是夜间，发作性咳嗽与剧烈运动性呼吸困难时有发生，有时还会因此产生幻觉，甚至导致瞬间性的呼吸停止。另外他还伴有呕吐、腹痛、食欲不振、夜间尿频、四肢浮肿以及腹水等症状。

　　这明显是严重的心脏鼓动机能障碍所产生的淤血性心脏器质性病变。由于晚上躺在床上，心脏里静脉血液增加，就会引起呼吸困难，还会造成心脏血液流入肺部，使之郁结，于是脸部与嘴唇就会发青发紫,呼吸困难,难以入眠。

为了从这痛苦中解脱,患者往往整夜坐在床上,使得血液稍微流动,以保持呼吸顺畅。导致出现这一病情的原因,一般是由于心肌梗死、心肌炎等引起的一次性心肌障碍,或甲状腺功能亢进、贫血等引发的二次性心肌障碍,这两种心肌障碍便是发病的根本原因。

如果引起心脏鼓动的肌肉发生障碍,从心脏里朝外输血的功能便会减弱,最终导致全身供血不足,血液郁结,从而形成心脏病中最严重的淤血性心脏器质病变。

之前的十年时间里,治疗此病使用的都是加强心肌收缩力的方法。为此需要给患者服用洋地黄或者强心剂药物,以促进静脉血管扩张,加速血液循环。另外,也有利用药物加速动脉扩张的办法。再有对那些浮肿及腹水的患者,通常则让其服用一些利尿剂。如果药物不起作用,病情继续恶化的话,便只有使用心脏起搏器了,这也还只是四年前才刚刚发明的新办法。但效果也并不尽如人意,往往最多能够使用一年。

简特教授首创的人造心肌首例置换手术是三年前的一月十日,在教授领导的心血管研究所里完成的。

一般来说,人造心脏有两种:一种是取代原来心脏部分功能的辅助心脏；另一种是完全取代原来心脏的完全心脏。由于心脏是维系人的生命的最主要器官，所以人造的完全心脏，往往很难达到人们期待的功能。

然而，简特教授却发表了他最新的研究成果。

从幻灯片上看，他发明的那个人造心脏，与一般的人造心脏不同，它是由血液泵、鼓动控制装置以及起动能源装置组成的一个完全心脏。它能够整个地装入人体的内部，即所谓内藏型人造心脏。这是个十分精密的东西，血液泵是用氨基甲酸乙酯与硅铜的合成材料制成的，鼓动控制装置也被精心设计得体积极小，最重要的启动能源装置采用了高效率的原子能作为动力。

另外，为了预防一般人造心脏会产生的副作用——血栓，还在人造心脏内涂上了特别的涂层。

这次的人造心脏置换手术总共用了一个半小时，手术后人造心脏的运行也十分正常，只发生了几次轻度的心律不齐和脉搏滞缓，其他什么意外都没发生。

另外，手术后患者的症状也明显好转，面部、嘴唇青紫的现象消失，呼吸顺畅，咳嗽减轻，下肢浮肿、夜间尿频也不再发生，呕吐、腹痛痊愈，食欲也恢复正常。而且医生担心患者一下子进食太多会导致体重增加,从而加重心脏的负担,所以时时提醒他注意把体重控制在六十五公斤之内。

再看看手术后患者的气色。幻灯中那双颊红润的圆鼓鼓的脸蛋实在与正常人没有什么两样了。另外患者可以正常行走、上山下坡甚至跑步,只要不是进行特别剧烈的运动,就不会再出现呼吸困难等的现象了。

手术后经过半年的康复治疗,现在患者已在洛杉矶市内的一家宾馆里找到了一份总台服务生的工作,他在同伴面前经常说的一句口头禅便是:"我可不允许哪个家伙反对原子能的应用!"

在一片欢笑和掌声中简特教授结束了他的讲演。

接着,是两位教授回答与会者提问的时间。

首先站起来提问的中国香港市政厅医院的哈威罗博士,他的问题是:"人造股关节手术的成功与否与其周围的肌肉健壮程度有很大的关系,那么锻炼肌肉要采用怎样的方法呢?"

对此,海利斯教授先现身说法地表演了一下下肢朝内转动、朝外转动、回旋运动等,表演完了这一套自己发明的训练项目后,他接着说道:"您说得很对,肌肉的健壮程度是左右手术成功与否的关键,所以我这一套训练运动是每天不可缺少的,是必须严格要求患者做到的。"

接着提问的是波士顿医科大学的法兰茨教授,他的问题是:"人造心脏的价格是多少?"对此简特教授回答道:"现在还不能成批地生产,正式的价格无法精确,但这次使用的那个总共花去了五万多美元。"简特教授的回答引起了一片叹息之声。

之后,作为特邀嘉宾出席这次会议的纽约医学研究所人文科学部部长米尔茨博士站起身来,说道:

"两位教授发表的研究成果,使人类长年盼望的人造脏器的理想得到了实现,我对两位先生的勇气和努力,表示深深的敬意。但是,两位的发明,只是万里长征迈出的第一步,要使其成果得到普及和应用,还有漫长的道路要走。这里我想问的是,这两项使人十分钦佩的研究成果,都需要在人体上动大手术,并在体内装入与人体器官毫不相干的外来物质,这难道不会留下什么后遗症吗? 这两例人类前所未有的手术,会产生事先预料不到的问题吗? 关于这一点,如蒙两位教授不吝指教,想必将对在座诸位今后的研究产生非常重大的意义。"

对于这令人意外的问题,两位教授不由得面面相觑了一会儿,然后又相让了一下。这次由海利斯教授登上了讲台。

"对米尔茨博士刚才的鼓励,我感到十分喜悦与荣幸。对博士先生有关后遗症的问题,除了起先患者肌肉萎缩,活动受到一定限制外,迄今为止还没发现什么不良的情况。不过,请允许我牵强附会地在这里说一件事,也许这也算是后遗症……"教授说到这里打住话头,抬头望了望天花板,接着说道,"怎么说呢,患者乘飞机时通过安全检查那道门时,老是发生麻烦……"

会场上一下子响起一片笑声。

"因为他的骨盘中装有金属的螺丝什么的,所以安全检查的金属探测器就老是响。检查人员便慌忙在他身上寻找,找不出什么便将他带到房间里让他将衣裤脱掉……"

尽管大家极力地忍耐,但笑声还是不能止住,教授讲得更加起劲了。

"于是他脱去衣裤,让检查人员看自己腰际以下的伤痕,检查人员还是不能理解,折腾了好一会儿才总算对他嘟哝了一句,'你原来是个金属人呀',便放他过关。由于工作关系,他时常得搭乘飞机,这委实是令人烦恼的后遗症啊。"

"那么,教授有解决这后遗症的良策吗?"

米尔茨博士不无调侃地追问了一句。

"当然,只需将金属材料淘汰掉,开发一种对探测器不起反应的新材料就可以了。不过,现阶段最好的办法,我认为是印制一种医院认证的粘贴标签,在患者动过手术的部位贴上一张这样的标签,上面当然得印上'这里有金属'的字样。"

会场里再也无法平静了,如潮似涌的笑声将海利斯教授送下了讲台,接着是简特教授走上了讲台。

"我所进行的手术,也就是有关人造心脏的手术,至今还没有产生后遗症,只是发生了一点出乎意料的小事。"

教授说到这里,似乎是在选择适当的词句,稍停顿了一会儿说:

"这种事情,在这神圣的学会上能不能讲,说实在话我有些犹豫不决,这是我从患者那里直接听来的。据他说,最近他有了位心爱的姑娘,有一天他决心向姑娘求婚,于是便将她邀请到了家里。自己心爱的姑娘终于来到了身边,但不可思议的是,他竟没有怦怦心跳的感觉……"

会场上又一次爆发出笑声。

"人造心脏的制动装置是设有规定的,所以心跳的次数也是一成不变的,见他这么冷静,那姑娘便埋怨他是'铁石心肠的人,没有一点儿情感'。"

会场里人们笑得更加厉害了。

"结果姑娘便离他而去了,他对我说起这事时,声音都带着哭腔呢。"

米尔茨博士又一次站了起来,说:

"这确实是一个伴随终生的后遗症呀!"

"对于这一点,我也一直感到内疚,考虑在人造心脏上装一个调节开关,使那心脏能按照人的意志跳动。"

"可是,这样加快心脏的跳动,只会增加血液的循环,和脸发红、腋下出汗又有什么关系呢?"

"您说得很对,很遗憾我的人造心脏,毕竟不像真正的心脏那样有神经通着大脑,所以这种由于激动、紧张而产生的脸红、出汗什么的功能是很难办得到的。"

"那么现在最大的后遗症便是这种即使见到自己爱慕的人也面不变色心不跳的问题吧?"

"是的。老实说,我听了那患者的话,真正地感到人造的东西不管多么先进,也总归是人造的……"

"我冒昧地问一下,迄今为止已有多少人接受了教授您的人造心脏手术?"

米尔茨博士一改刚才调侃的神情,口气严肃地问道。

"迄今为止有八人,预约的还有三人。"

"那么海利斯教授的股关节呢?"

"算下来已有十七例,预约还有十例左右。"

"这么说,会产生如上所述的后遗症的人将会越来越多了?"

"这个,目前还不是什么值得一提的数字,但越来越多应该是不会错的。"

两位教授不约而同地点了点头,米尔茨博士不由得深深地叹了口气喃喃道:

"这么看来,也许我的结论有些极端,就是说迄今为止我们也许正在制造出一批批与真正的人所不同的人造的人,或者说一部分器官是人造的人……"

"一点儿没错,表面上看不出什么异样,但身体内可能就有着部分人造的东西。"

这样一来,人这种东西,也许会变得更加复杂,更加不可理喻了呢。

一瞬间,会场上的笑声消失了,整个会场肃然无声。在这耐人寻味的寂静中,在座的医生们开始思考起来,也许如何防止类似的后遗症产生,才是今后医学会议中需要探讨、研究、解决的课题吧。

春别

一

电话铃声响起时,志保正在浴室里脱着身上的吊裙。

志保是二十分钟前回到家里的,时间已经是晚上十一点了。

夜这么深了,不会是朋友来的电话,这电话一定是那个人。

志保不由得在脑海里浮现出上村乔士的脸来,但她却在浴室里不想挪动身子。

也许是早上出门时不经意间触动了电话的调音键,现在这电话铃声听上去非常刺耳。电话在连着响了十几下后,才像一下泄了气似的停住。

看来对方是认为志保还没回来,扫兴地挂断了电话。

志保如释重负地松了口气,继续解开吊裙肩上的纽带,脱下内裤,浑身光溜溜的。她将长长的头发从后面一把抓住朝上卷起,然后进入浴缸里。手刚触到淋浴头,电话铃声又一次响了起来。

志保不由得缩回了伸出去的手,双手抱胸,身子也缩成了一团。

又是那个人在召唤着。

志保还是不想接电话,可那电话却十分固执地响个不停。

听上去那电话铃声似乎在发怒,志保感到电话那头的他仿佛已经知道她回到家里了。

尽管电话机设定在留言上,可乔士就是不肯留言,而是一个劲儿地让电话响着。也许不接电话,他会不顾一切地找上门来的。

志保心里十分不安,出了浴室,用浴巾包住身子,走到响个不停的电话机前。

她调整了一下呼吸,伸出微微颤抖的手抓起了电话听筒,果然乔士的声音便从电话听筒里冲了出来。

"喂喂,你为什么不接电话?"由于铃响了好久,乔士的声音显得烦躁而激动,"刚刚,才回到家?"

"是的。"志保对着电话点点头,声调机械地回答。

"去什么地方啦?我为什么打电话,你心里有数吧?"

当然,乔士为什么打电话,他想在电话里讲什么,志保是一清二楚的。

"约好今天晚上六点半见面的吧？"

"……"

"在那大堂里，我等到八点半呢。"

乔士看来还没到家，电话那头传来街头纷杂的噪音。

"你不会忘了时间吧？"

"……"

"这可是第二次爽约了，你在听着吗？ 我这样……"

声音突然中断了，可以想见乔士是气恼得嘴唇发抖，连话都说不出来了。

"你为什么嘛，干脆讲到底是什么原因？"

他这么连珠炮似的发问，志保也无法回答。乔士现在正在激动的时候，只顾自己一个劲儿地叫唤，弄得志保没有插话的余地。

作为一个女人，对自己喜爱的男人失约，是有她的道理的。尽管这道理也许并不能说得出口，但志保对自己的行为确实是经过深思熟虑的。

"你怎么不讲话……"

为了逃避电话里乔士那机关枪子弹似的话语，志保将听筒拿开了耳朵,人也顺势坐在电话机前的地上。

二

水町志保与上村乔士初次相见是两年前的时候,当时志保二十七岁。

志保当时的工作是美术图形的设计师,她本人并不固定属于哪一家单位,所以是十分随意的。有一次接到一件为某家电工厂绘制产品海报的工作,具体负责与她接洽的便是乔士。当时乔士是一家大型广告公司的美术指导,那天他十分热情地向志保仔细讲述了海报的要求。

于是他们相识了,这之后又一起吃了几次饭。工作方面,乔士也十分关照志保,两人的关系便渐渐亲密起来。待到志保感到有些不妥时,乔士已经将她完全融入了自己的身体里。

对异性本来十分谨慎的志保,竟会与有妇之夫,且是比她大十岁的乔士堕入情网,这实在不能不说是乔士的手段高明且巧妙。当然在志保心里,与乔士的关系发展至此,只是希望在自己的工作上有一个可靠的人来帮帮忙,除此之外,并没有太多的奢望。

迄今为止,志保一直保持着独身,这当然不是说她喜欢独处,其实志保是想找个伴侣的,可一直没能遇上称心的人,于是百无聊赖之中便开始对设计工作产生了兴趣。光阴荏苒,转眼已过了二十五岁。故乡静冈的父母曾经劝她找人介绍个对象,但她感觉一个人在东京无拘无束,自由自在,工作的收入又不错,于是便一直将终身大事耽搁了下来。

在志保这种自由平静的生活中,激起一朵小小浪花的便是乔士的一句戏言。那是他们相好两年后的一天晚上,乔士在外面喝得迷迷糊糊地来到志保家里,趁着酒意,他突然对志保说:"真想与你一起生活呀。"接着又说了一通想与妻子离婚的胡话。

一开始,志保也没将他的话当真,这种话只是男人讨女人喜欢的惯用伎俩而已。即使从好的方面讲,这也只是男人的一种甜言蜜语,或者说是花言巧语罢了。

然而,从那以后,乔士在志保面前又好几次说要与她结婚,这样,志保的心里便渐渐地产生了一种微妙的涟漪。

不管怎么喜爱,总不能与一个有妇之夫结婚吧。

志保这样问着自己,但内心深处却又蕴藏着一股希望嫁给乔士的温情。

后来乔士不光口头上说说,每逢周末还真的住到了志保家里来。

于是志保为乔士洗衣服、熨裤子的机会也逐渐多了起来。

每当志保为他做一些这样的事情,他总会十分感激地道谢,同时又会情不自禁似的埋怨起自己的妻子:"那女人,什么也不给我做……"

志保并不想听乔士讲他妻子的坏话,但由于自己心里有着准备与他结婚的遐想,所以这些话听起来就觉得格外顺耳。

他在外这么拼命地工作,回到家里却得不到温暖。一种同情和怜悯,使得志保的感情迅速地朝乔士倾斜过去,恨不得掏出自己的心去奉献给他。

这样恩恩爱爱地过了一年,去年年末,志保已真正地确信自己一定要嫁给乔士了。

三

"喂,怎么啦,为什么不作声呀?"

离开耳朵有些距离的听筒里,传来乔士激愤的声音:

"你讲出理由来嘛!"

乔士的声音已接近吼叫了,志保只好开口:

"等一下再打电话来。"

"现在干什么呢?"

"刚刚,回到家里……"

"那好,我去你那里。"

"不行! 三十分钟后,再打电话来。"

如果他真的赶来,那就糟糕了。所幸的是家里的钥匙没有给他,但要是来了一个劲儿地按门铃、敲房门,也许会让周围邻居看笑话的。

"我有急事,必须马上做。"

"那么,过三十分钟你要接电话的呀。"

乔士不放心地叮咛了一句,才不大情愿地挂断了电话。志保总算大大地吐了口气,又回到浴室里,打开了莲蓬头的水龙头。

不知因为什么,刚才仅仅与乔士在电话里讲了几句话,身上的皮肤便感到黏黏糊糊的,浑身开始不自在起来。

志保先用水将浑身冲了个遍,接着又用海绵使劲儿将头、脖子、胸口、腰下仔细地擦了个遍。并且一边擦,一边心里恨恨地嘀咕:

"那家伙,还一点儿也没察觉呢。"

算上今晚这一次,志保已有两次存心不去赴乔士的约了,这当然是有着她的道理的。

志保开始对乔士的花言巧语产生怀疑,是过了年关一月中旬的时候。

那天是星期五,乔士是做着住下的打算很晚才到志保家来的。乔士已经在外面喝了相当多的酒,酩酊大醉,含含糊糊地说道:

"公司的客户……说去银座……"乔士向志保解释着自己晚到的原因,"可我,想到你在家里等着我,所以赶了回来。"

乔士讨好地对志保说着,凑上脸硬是要与志保亲嘴。然而也许是酒气上涌,很快便力不从心,胡乱地扒去了自己的外套便倒在床上呼呼地睡着了。

醉酒加上劳累,乔士睡得沉沉的。志保于是便将他乱丢的衣服收拾起来挂在衣架上,顺便毫不经意地伸手插入他的上衣口袋,掏出了一包香烟,一只打火机,另外还有一块雪白的手帕。

平时,志保总是将香烟、打火机放在桌子上,手帕依归放回衣服的口袋里,但今天她却对着那块雪白整洁而且叠得方方正正的手帕若有所思。

志保像发现了一个秘密似的,将手帕朝着电灯处照了照,又将它平摊在桌子上仔细地观察起来。

这是一条十分平常的白色手帕,但熨烫得平平整整,叠得方方齐齐,看上去与崭新的一样。

是谁将手帕洗得这么干净,又熨烫得这么整齐的呢?

这么思索着,志保的脑海里猛地浮现出了那位从未谋面的乔士的妻子,同时又想起了乔士的话语来:

"那女人,什么也不给我做……"

当时对他的话,志保脸上的表情很是平静,可心里却抑制不住喜悦。

他回到家里,妻子待他冷冰冰的,可想而知,夫妻两人一直是处于冷战的状态呢。

可是,现在摊在志保眼前的手帕却说明着一个完全相反的事实。洗得这么干净,熨得这么平整,这实在是包含着那个人无限的情感的呀。

说是关系不好,看来事实上并不是这么回事呢……

这么想着,志保突然感到眼前的那条白手帕实际是乔士有意在向自己显示他妻子的温柔,是乔士有意对自己一片真情的嘲弄。

志保再也待不住了,将衣架上的裤子又取了下来,摊开在沙发上。

迄今为止，有好几次为乔士熨烫裤子，都发觉他的裤子十分挺括，两条裤腿上的筋线也笔直不乱。

志保当时只认为这是从洗衣店里刚取回来的，现在想想这也许都是他妻子的作为呢。不错，这裤腿的筋线即使起皱了，也能想象是他一天穿下来弄皱的。但每天早上他出门时，一定是纹丝不乱、整齐挺括的。

这绝对不会错的，志保这么想象着，开始对乔士说的话产生了疑问，同时心里也开始有些动荡不安起来。

那以后，志保开始仔细地观察起乔士的行为，更加发现他的言行与打扮，丝毫显示不出妻子对他怎样冷酷无情。

果然，他的话都是虚情假意的胡言乱语。

接着，志保又有好几次看到乔士那精心熨烫过的裤子与手帕，于是他彻底地清醒了。当然，这一切都是不能对乔士述说的。

不过，对志保的这种情绪变化，乔士还是有所察觉的。

"最近好像不太有精神呀。"

"碰上什么不顺心的事啦？"

乔士对志保的态度好像更加关切和殷勤了。

每当乔士这么问志保时，志保只能报以苦笑。叫自己怎样回答呢？说出来又不见得是多么振振有词的理由,实在只是自己的嫉妒心在作怪吧。

然而,一个月前发生的一件事情,却彻底地打破了志保对乔士的幻想。

那天志保去东京西郊一个叫百合丘的地方。去那里是为了拍摄一个广告的海报,回家时她突然想起乔士的家就住在附近。

离天黑还有一段时间,自己又不急着回家,于是志保便心血来潮让出租车司机将车朝乔士的家里开去。

这是个幽静的住宅区,周围的房子都比较新,乔士的家坐落在一道斜坡的中间位置。听说是十年前买下的,占地面积大约两百平方米,是一幢独立的小洋楼。漆黑的大门紧闭着,门边上有一个利用斜坡搭起的车库。

志保见周围没人,下了出租车,走到门口便看到一块名牌。

名牌的右端竖排写着上村乔士的名字,朝左端紧挨着的是惠美子和美奈两个名字,这惠美子无疑是乔士的妻子,而美奈当然是他的女儿了。

家里没有人,春天般温暖的阳光下,整幢小楼显得十分宁静和安详。

志保怕被什么人看见,慌慌张张地返身钻进出租车,急匆匆地对司机道:

"谢谢,快开车吧。"

并没见到乔士的妻子和女儿,但不知什么缘故,志保只感到自己的心脏跳动剧烈,颈项间也渗出了些许汗水。

不应该去的呀……

志保心里后悔着,但那写有三个人名字的牌子,漆得雪白、明亮,已经在志保的脑海里生了根似的再也不能抹去了。

那牌子,一定是今年刚换上去的。

也许是乔士妻子的主意,或者是别的什么人的建议,但最后肯定是乔士本人同意了的。

志保的身子深深地埋在出租车软软的座椅里,陷入了沉思。

一心想着与妻子分手的男人,会有心思将名牌换成新的而且还写上妻子、女儿的名字?

"原来如此……"

志保心里终于省悟到了什么东西。

看来,自己对乔士要与自己结婚的话语过于相信,甚至有些太过痴心了。

也许这只是自己的一厢情愿,乔士他压根儿只是嘴上说说而已的吧。也许乔士说这话只是男人一时的冲动,而自己却傻乎乎地信以为真。

"干什么傻事呀……"

志保心里不由得埋怨起自己来,同时终于对乔士与自己的关系有了一个清醒的认识。然而这认识,她却并不想告诉乔士。

四

一开始,志保的动作是慢条斯理的,有条不紊的,最后她竟急躁地使劲用水冲着自己的身子。志保跨出浴缸,用毛巾擦着身子,举起一只手擦到腋下部位时,突然想起乔士看着她的腋下说的话:"真白呀,白得都有些发青了。"

记得当时也是在洗澡,乔士的话使志保感到自己的肤色是继承了北陆地区出身的母亲的血统。

志保一想到乔士的话,不由得感到脸上一阵发烫,像赶紧逃避什么似的胡乱擦干了身子,穿上内裤,用一件雪白的真丝睡袍将自己的身子裹得严严实实的。接着又走到镜台前,朝脸上搽了些化妆水和乳液,这时已经是深夜十一点半了。

乔士的电话马上会打过来吧？

这么想着，志保从冰箱里取出冰水喝了一口，想打开电视，又临时改变了主意，摁下了 CD 唱机的按钮。

唱片还是和昨夜一样，是竹内麻理亚的歌，只是今天，志保将音量调得稍微低了一些，使得流出的音乐听起来更加优雅。

志保最近特别喜欢听她的歌，不管是爱情的、伤感的，总有一种明快、激荡的感觉。

第一首歌曲刚结束，电话铃便响了起来。

"是我呀。"也许是隔了一段时间吧，乔士的声音听上去冷静了许多，"我还以为你不在家呢。"

"为什么？"

乔士没有回答，但志保知道，他是觉得志保为了逃避他的电话有可能会故意跑出去。

沉默了一会儿，乔士用一种忧郁的口气问道：

"在听音乐啊？"

"是的，听听这歌曲，会有精神的。这歌曲叫《日夜商店之爱》。"

"好奇怪的曲名呀。"

"日夜商店之爱，是便利之爱的意思吧。"志保有些自嘲地歪着头说道。

"我也在听着钢琴曲呢。"

确实电话里听上去与刚才的地方不同了，人声嘈杂之中流淌着优美的钢琴曲。

"在哪里呀？"

"沙地湾。"

志保曾跟随乔士去过好几次，是家会员制的钢琴酒吧，没有陪酒的女郎，营业到凌晨三点，除了酒，还供应一些简单的食品。

"现在，能来吗？"

"不行。"

"为什么？"

又回到了老问题上，志保这么想着摇着头。

"已经很晚了……"

"有谁在房间吗？"

"你怎么会……"

志保一下子觉得很可笑，不由得将睡袍下交叉在一起的脚分了开来。

"有谁在房间，就不会与你这么闲聊啦。"

"那么,就过来呀。"

"不是说过不行了吗?"

"以前,怎么行呢……"

确实今年年初以前,他说来,志保就会毫不迟疑地赶过去的,可现在却没了这样的兴趣。

"可是,奇怪呀……"

"什么呀?"

"为什么你变了呢?"

乔士说着,不容志保插嘴又继续说道:

"今天想请你说说,老老实实地说说。"

也许是钢琴曲结束了,在电话里能听到鼓掌的声音,在众人的欢乐声中乔士又紧追着问道:

"是讨厌我了?"

志保将一只手按在了自己的额头上,默不作声。

乔士的话只说对了一半。确实志保对他已失去了以前的热情,但并没有讨厌他。虽不像以前那样关系亲密,但偶尔见见面,作为朋友吃吃饭,聊聊天还是十分情愿的。

"怎么样了?"

"……"

"不用客气,喜欢还是讨厌,干脆说就是了。"

乔士的话说到这个份儿上,志保被逼得就不能再保持沉默了。

"我们以前的事,到此为止吧。"

"说什么傻话呀!"

乔士突然大声叫了起来。

"在一起好好的,怎么说分手就分手了呢？ 到底什么事惹你生气了？"

"没有生气。"

"不,你生气了,生气了才两次不来赴约,是想与我分手了吧？"

电话是在店堂里面打的,但声音太大还是会让别人听见的。于是志保对着话筒,口气温柔地安慰道:

"不是你的不好。"

"那是什么？"

"是我自己想得太多。"

"想什么啦？"

这正是志保无法当面回答的问题,她不能说自己太想与他结婚,现在希望破灭了,于是便这样。

"那我马上到你家那里去。"

"不行,你来了我也不开门的。"

"不开门,我也要去。"

女人一旦表示要离去,男人是会拼命去追的。

"你不开门,我就一直按门铃,一直按到早上。"

志保的脑海里,突然又浮现出了春光明媚中那块崭新、雪白的名牌来。

那样幸福美满家庭的主人,是不会去另外一个女人的屋前按门铃按到早上的!也许有时会说说结婚之类的甜言蜜语,但那终究只是这个男人的游戏,他是绝不会有勇气和决心离开那块名牌的!

"上村先生。"已经久违了,志保好久没有这么称乔士为先生了,"我心里是非常感谢您的。"

确实,志保与乔士相识就是因为受了他在工作上的关照,之后又受了他太多太多的关爱。

"非常感谢了。"

"你,等一下。"乔士还是不甘心地叫道,"再见一次面吧。"

"见了面也是徒劳的。"

"徒劳?"

一下子双方都陷入了沉默,好一会儿,乔士才哀怨地问道:

"真的想分手了?"

"哎哎。"

一切都该结束了。当然,与乔士的爱,也应该不会例外。

"可是,怎么就这样轻描淡写地分手了呢?"

"不是的……"

下定这个决心,志保有着太多太多的痛苦和烦恼,这是无法用语言说清楚的,即使说出来,乔士也是不会理解的。这怎么能说志保是轻描淡写呢?

"我不能承受这样说分手就分手。"

在与女人的关系上,男人就是这么个德行,喜欢脚踩两只船,遇事优柔寡断、期期艾艾、得过且过。而女人则不同,一个希望破灭了,就干脆了断,否则就无法开始新的生活。起码志保就是这样的一位女性。

"对不起了。"

对着电话,志保低下头来。话筒里传来乔士无精打采的呻吟:

"真搞不明白……"

"……"

"真不明白你这样的女人。"

"我也一样。"

"什么,你一样什么?"

见志保回答,乔士马上振作了起来,诘问道。然而志保却依然淡淡地叹道:

"我也一样,不明白你。"

"我?"

"你这样的男人,真令人搞不明白。"

瞬间,乔士似乎想说什么却嗫嚅着终于没有说出口来。

趁着他犹豫的当口,志保将电话搁下了,嘴里轻轻地说道:

"都已经是春天了啊!"

再见，再见

一

男人时常喜欢问女人"为什么"，可女人往往无以应答。男人凡事喜欢寻根刨底，女人则认为凡事未必都要问个清楚。

竹内并子与京野吾郎的争执或许正是这种对事情看法不同而引起的。

"我什么地方不好？"京野问道。

"为什么一定要有什么地方不好呢？"并子答道。

今天的争吵，京野已经三次问到这个问题了。

"要捉弄人，也得有些分寸！"

并子并没有捉弄人的心思。自己的所作所为只是尊重自己的感情，譬如现在她感情上不想再与京野交往下去，行动上也就自然而然地表现出来了。

"好了,再问你一遍。"

刚才将电话听筒震得嗡嗡作响的声音显得平静了许多,也许京野是在极力地控制自己的性子。

"是不是喜欢上别的男人了?"

"不是的。"

并子摇摇头。

"你认为我看不见你的神色,你就可以随便拿话糊弄我吗?"

"你想错了。"

确实是没有什么别的男人,所以并子回答得十分干脆。

"那为了钱?"

"……"

"是钱太少?"

"也不是……"

迄今为止,京野给她的钱说多也不多,但说少也不少,并子想想自己的长相与年龄,也还是有自知之明的。

"我知道了。"

听筒那边,京野似乎恍然大悟地点着头。

"那么,应是因我有家庭,心里不高兴?"

"我可从来不曾说过要你与家里一刀两断的话呀!"

"嘴上不说,心里是希望的。"

京野一厢情愿地为并子和自己生气找着理由。

"想让我与老婆分手,你就明说好了。"

京野有家室,并子与他相好之前是知道的。这一点京野也没瞒着她,所以并子心里也并不怎么责怪京野。有时,京野在她家里温存后离去,并子会有一丝凄凉的感觉,但从一开始这就是无可奈何的事情。

"你心气很高,不好意思当面说,憋在心里,终于一下子爆发出来了。"

"……"

"我说得对吧?"

"毫无根据。"

"那么,是为什么?"

要说为什么,也确实说不出什么像样的理由来,即使说出来,京野也不一定能理解。

"对我有什么不称心的?"

话转了个圈又回到了原来的地方。

并子想把电话挂断。两人再这样说下去,最后也不会有什么结果的。

"总之,我们分手吧。"

"不行,不行!"

京野孩子似的叫了起来。

虽然是在电话里,但并子还是能想象得出京野的表情。

将近五十岁的人了,还是十分孩子气,碰上不称心的事情便会忘情地大叫"不行,不行!"

他这种童心未泯、稚气未脱的性格,曾经是并子认为十分可爱的地方,可现在却不然,并子只是对此感到一种厌烦而已。

"挂电话啦。"

并子口气坚决地说道。再这样僵持下去,自己的心情会变得更坏的。

"再见。"

"等一下!"

京野生气地叫着,猛地压低了嗓音:

"你是怀疑我了吧?"

"什么呀？"

"与老板娘绘里。"

京野突如其来地说出新宿一个酒吧的老板娘的名字来，这令并子不由得苦笑着摇摇头。

"你不会忘了吧？"

并子曾跟着京野去过那酒吧两次，印象中老板娘绘里脸长长的，目光中透着一股傲气，并子心里对她很是不屑一顾，可男人们却格外喜欢她的那种傲气。

"你上次为那老板娘跟我生气了。"

那次京野多喝了些酒，从酒吧出来时，情不自禁地亲了一下老板娘。本来就是酒后的游戏，而且说是亲一下，实际上也只是嘴凑近去碰了一下她的头发而已。

"不三不四的，太过分了！"

并子已不记得了，可说了一句责备京野的话是不会错的。在大庭广众之下，一个男人这么老不正经，并子心里感到很是讨厌。

"我现在对你明说，我与绘里什么关系也没有！"

与绘里没有关系，并子心里是明白的。如果有关系，从当时老板娘的态度是看得出来的。

"没有关系，才带你去的呀！"

京野越是解释，并子心里越是感到不是滋味。

与京野最后一次一起去绘里的酒吧是半个月以前，那时除了那家酒吧，还一起去了其他的 KTV 酒吧。当时并子对京野还是十分有好感的，十分有兴趣陪他喝酒唱歌。

可现在，她已对他失去了兴趣，半个月以前的事就像已经过去了一年以上，仿佛是好久好久以前发生的事情了。

并子自己也不知道，自己的心情为什么会变得如此之大。

"这下清楚了吧！"京野还是不依不饶地解释。

"我只是她的一位客人！"

"对此我从来没有什么别的想法。"

"那么，你还有什么地方对我不满呢？"

"……"

"干脆些嘛，哪里不好，讲清楚嘛！"

京野只是一味地想问出个究竟，抓着电话不放，一定要并子给他一个明确的说法。

"你说了，我依你；不说，我就不分手。"

男人女人想分手了，要有理由吗？并子对京野真的没有办法了。

"怎么样？"

京野的声音又逼了过来。为了逃避这个声音，并子终于忍无可忍地将电话搁了下去。

二

并子与京野交往是四年前，当时她二十九岁。在这之前的一年，她离了婚，一个人生活，在银座一家名为"贝娜"的酒吧当会计。

她以前的丈夫是一家大型电机工厂的职员，人倒是不坏，只是太老实，缺少一股男人的阳刚之气。谈恋爱时，并子将他的个性只看成是对女人的一种关怀和温柔的表现，但结了婚，生活在一起的时间长了，便感到他婆婆妈妈的，实在不像一个男子汉。

结婚三年，幸好没有孩子，所以分手也十分简单。

"以后路上碰到，一起喝杯茶的交情还是有的吧！"

并子这么调侃道，丈夫也十分认真地点头赞同。就这么轻松而简单地分手了。

分手后，独身一人，并子倒一点儿也不感到孤独，反而有一种解脱感。

回到娘家住了一段时间，又去国外旅行了几次，独来独往、无牵无挂、适意自由。半年后,朋友介绍说,有家名为"贝娜"的店要找个会计。

"贝娜"是银座一家比较大且有名气的夜总会,因为发现原来的那个男会计有些经济问题,所以这次想找一个像并子这样的为人正派的女会计。

正好并子大学时的专业是经营学,简单的会计工作也是能胜任的。只是去夜总会那种地方工作,并子心里总有些不能释然,感到有点儿别扭。

可当并子见到那老板娘时,觉得她是一位颇有气度的女性,年纪比自己大五岁,很是稳重正派,再加上会计工作又是在别的办公楼里,每天也是正常白天上班,便决定接受这份工作。另外,并子心里还有一个秘密,那便是对银座夜总会的好奇心,这促使着并子不想放弃这份工作。

与京野邂逅是并子进"贝娜"当会计一年后的事情。

那阵儿碰巧店里的出纳感冒休息,并子临时代替她去店里帮忙,第三天京野便与她相识了。

并子瘦瘦的,又长得不太出众,可京野却对她很有好感,特地向服务生打听了并子的名字,并问她:"有时间一起吃饭,好吗?"

这种喝醉了酒后的客人的戏言,并子当时听了只是不置可否地笑着点了点头。没想到一个星期后,京野的电话直接打到了并子的办公室里。

京野先是请求并子将他在"贝娜"喝酒的钱分开两张十万以下的发票,然后便对她说道:"上次说好的事,没忘吧?"很明显托她开发票的事只是他的一个借口,他对那天酒后的戏言竟没忘记,并子心里委实有些感动。

那以后京野又来了两次电话,第三次时并子终于答应了他一起出去吃饭。

说老实话,并子对这么一位年近五十岁的男人是有点犹豫不决的,但想到京野是一家颇具规模的日报广告代理公司的专务,心里便有些愿意了。

一起连着吃了好几次饭,一个半月后,并子终于投入了京野的怀抱里。

当然,并子要想拒绝是完全可以的,但离婚两年了,没有称心的男友,与以前的丈夫相比,京野又十分具有男人气度。

"为什么找上我这样的女人呢?"

关系亲密后,并子有一次问京野,京野于是淡淡地笑着说:"你的老实、正派使我喜欢上你的呀！"

京野本就喜欢正派的女人，想想"贝娜"的老板娘也是一位很正派的女人。

关系亲密后，京野每月给并子二十万的零用钱，于是并子将自己的住处改善了一下，从原来的普通住宅搬入了涩谷附近的高级公寓里。

每月二十万算多还是算少，并子心里也不清楚，但想想自己容貌一般，又离过婚，年龄也已三十了，所以还是感到心满意足的。

当然，在酒吧里干的女孩，每月三十万、四十万的，过着十分奢侈的生活的大有人在，并子既不认为自己比她们高贵，又不想与她们进行攀比。

京野身材矮矮粗粗，说话也不太讲究辞令，但心地却格外善良，精神也十分饱满。

以前，并子接触的男人都是与自己年纪差不多的年轻人，与他们相比，京野各方面要稳重得多，就是做爱也给人一种倾情尽心、淋漓尽致的充实感。

然而，真正与京野相好后，并子才发觉京野实在是太忙了。

广告代理公司专务的工作，必须会见各种各样的人，每天一刻也不得安静。"贝娜"的店里,他是很受欢迎的常客,但大多数是为了应酬,所以在京野看来,自己去"贝娜"的店里简直是一种严重的身心摧残。

因此,星期六他来并子的公寓住上一晚,第二天下午是必定要回家去的。照他的说法,每星期只有这星期天的晚上,他才能在家里吃上一顿安稳饭。

因为每月从京野那里拿钱,所以并子便将自己公寓的钥匙交给了他,但他来之前还是会先打电话征得并子的同意的。平时也会夜里喝得醉醺醺的,突然闯到并子的公寓来,但他绝不会讨人厌,只是休息上两三个小时,天亮之前是必定要赶回家去的。

并子知道京野有妻子,还有两个孩子,一个读大学,一个读高中。但她一直遵守不涉足京野家庭之事的原则,不去打听他家里的事情。

不管怎么相亲相爱,京野是京野,他的家人是他的家人,京野在自己身边时待自己好就可以了,并子一直是这么要求自己的。

"真想与你在一起生活呀。"

京野在并子面前时常会这么嘀咕,但并子从来没将此话当真。

交往的日子久了,并子才发觉京野其实是个性格十分懦弱的人,他是没有魄力抛弃自己的家庭的,当然并子压根儿也没有想过要与京野在一起共同生活。

就像现在一样,保持原状,两人想见面时见见面,相互保持一定的距离,只将自己美好的一面展现给对方,这样是最理想的了。天天住在一起,各自的丑陋面暴露无遗,反而会互相失望并产生不满的。

已经有了一次失败的婚姻教训,并子对结婚有着一种莫名的恐惧。

并子的想法,京野也非常赞赏。

发展到了情人的关系,便逼着男人结婚,吵着要男人抛弃他的妻子,这种事情并子是不会做,也不屑做的。

对男人来说,她真是个通情达理又温柔忠厚的女人。

可是,并子当然也是有着她自己的愿望的。

她不要求男人与她结婚,却要求男人在与她交往时要感情专注,每星期见一次面,希望一起去好一些的餐馆就餐,去酒吧调节一下情绪,去电影院或者戏院放松放松心情。

而且她还希望两个人找个时间开车出去兜兜风,或者去什么地方旅游一次。京野有空的周六晚上,当然是希望浪漫风流一下的。

除了这些希望,并子可以说是别无他求。

确实,最初的阶段,京野是经常带并子活动于银座的餐馆、横滨的中华街,甚至京都一带的,可两年过去,带她出去的次数便渐渐地减少了。

特别是最近一年,京野周六来并子的住处也只是吃个晚饭,看一会儿电视便睡觉。

而且睡觉时连衬衣也不脱,呼噜打得震天响,全无一丝一毫的浪漫风流可言。

有时,并子主动挑逗他,他竟只是一味地推诿,没有一点热情。

对此,并子很是不满,京野也不是不知道。

只是这一两年来,京野的公司不像以前那样景气,去"贝娜"喝酒的次数也不那么频繁了,酒吧的账也没有以前那样付得爽快了。

"不要紧的。"京野本人还是嘴里逞强,可实际上今年秋天的酒账已拖了三个月,并子不得不为他垫付了不少。

公司不景气,京野身心十分疲惫,这并子心里都有数,但他这么来了只是吃饭、看电视、睡觉,并子的住处便纯粹成了他休息的地方。

这样一来,并子也就成了一位在家服侍工作劳累的丈夫的妻子。

本来作为情人,追求的是与家庭生活完全不同的一种富有生气、浪漫的生活。可现在这样,还谈得上什么情人呢?

看来京野对并子有些厌倦了，所以才显得无所谓了。

起先不管怎么累，两人每月一次总是得去外面吃饭的，可现在连这也厌烦了。而且，最令并子感到不如意的便是，京野每星期六来自己这里过夜都对家里谎称是在公司里忙工作。

这是与京野十分熟悉的朋友无意间说出来的，并子听后，心里一下子变得十分不是滋味。

当然，作为男人在外面与别的女人过夜，对家里是要说些谎话的，并子也是理解的。但京野的这一举动却从另一个侧面说明了他对自己的家庭还是十分在意的。

对京野老是对家里说谎，并子觉得他十分卑劣，可同时并子又对他不对家庭说谎就不能与自己在一起感到悲哀。

有气度、有魄力的长者，竟也是一位拘泥于家庭的泛泛之辈。

"真没想到呀！"

并子不由得深深地叹起气来。对于她的叹气，京野是不会知道其中真正的含意的。

"我家的那位，大大咧咧，不会发觉我的事情的。"

有时候，京野还会存心这么在并子面前卖弄。听了这话，并子在心里更是加速了想与他分手的念头。

不过,这次突然使并子向他挑明理由倒完全是另外的一些原因。

这说出来也许是件小事,可实在是促使并子决心与他分手的关键理由。

上星期三,与往常一样,京野住在了并子的公寓里。

京野照例是一脸疲惫,吃了晚饭,看了会儿电视便上床去了。

并子洗完澡走到卧室里,见京野已经睡着了。直到第二天清晨,京野才似乎有了些精神,抱着并子想要求欢。

碰巧,并子的月经还没完全干净,所以便忸忸怩怩地不能尽情尽意,可京野倒是不在乎,例行公事似的完事后,便接着又睡,一直睡到过了晌午才起床。

起床后,京野看了会儿喜爱的围棋比赛节目,便准备着要回家了。

这几年,京野就像一只信鸽似的,来并子这里过了夜,第二天下午一到三点,便会急着要回他那在川崎的家。

从并子的公寓到附近的地铁车站,大约要走十分钟,平时并子总是陪他一起到车站的,倒不是京野一定要她送,只是两人相好最初时便是这么送的,以后便成了习惯。

以前,并子一路送京野去车站,望着身边的京野总有一种恋恋不舍的感觉。

而且心里还会猜想,他回到家里将会是一张怎样的脸孔,会与妻子和孩子说怎样的话。

与京野相会,想到他家里的事,只是在送他去车站的一瞬间。而京野本人看上去却好像只是去上班似的,一副若无其事的样子。

这种时候,要是谈起他家里的事来,难免会使并子难堪,所以京野不要说谈起了,就是连表情神态也绝没有一丝一毫与家庭有关系的表示。

一路上,他总是没话找话地说些关怀亲切的话语来掩饰他马上要回去的心虚。

当然,并子也十分知趣,从来不问他回家之后的事情。

周日通向车站小路上的这段时间,便成了并子尽量忘却自己心爱的男人转而回到平时独自生活中去的转折点。

只要走出自己的家门,并子表情总是尽量放得明快。

两人紧靠在一起,边走边看着路边商店的样子,会让周围的人都认为他们是一对恩爱的夫妻。虽说年龄相差很大,但他们两人谁也不介意。

现在回想起那段日子,即使这条去车站的路,也是他们玩味爱情余韵的地方。

然而,最近的那个星期天,也是在这条路上,发生了一件令人意想不到的事情。

从并子的公寓出来,走上两百米左右,便是连接车站的商业街。

星期天的下午,开始逼近黄昏的时候,街上的气氛显得有些纷杂。右边一家老字号的西点店门口早早地放上了圣诞树,对面的唱片店里也放着圣诞音乐。

再前面的杂货店在促销洋酒,隔壁的水果店门口年轻的店员在大声地招呼着客人。

"马上,一年又要过去了。"

走在路上,并子不由得嘴里低声叹道,这时京野却停下了步子。

化妆品店的门前,入口边上的柜台上堆满了纸巾、各种化妆品及日用品。

"真便宜啊!"

京野伸手拿起一盒牙膏,自言自语道。一边站着的女店员马上迎了上来说道:

"绝对合算,现在买还可以打五折,这一盒牙膏足够一个家庭三个月用的了。"

女店员这么一说，京野倒有些不好意思地将拿在手里的牙膏放了回去。

"用得着吗？"

"还有呢，不用了。"

并子家里买上一小管牙膏可以用上半年呢。

"怎么样，只有今天是特价，三盒才五百日元呢。"

并子见女店员缠着不放，便想转身离开，可京野还是拿着那盒牙膏犹豫不决。

"快走呀！"

"等一下。"

京野终于下了决心点点头，挑了三盒牙膏递给店员。

"非常感谢。您真会买东西呀！"

店员满脸堆笑地对京野说着殷勤话，并子听了有些刺耳，转过身去了，一会儿京野在背后拍了一下她的肩膀说：

"很便宜的，牙刷也买了几把呢。"

回过身去，只见京野手里拎着一只盛着牙膏与牙刷的白色塑料袋。

并子猛地联想到了他的家庭，不无醋意地揶揄道：

“这么便宜,很合算呀!”

“正好,家里用完了。”

京野有些难为情地讪讪搪塞道。并子却一言不发。

“比起川崎,这里的东西很便宜的。”

“我不知道。”

并子突然感到通向车站的路变长了,可京野却还是那样不紧不慢地,手里拎着白色塑料袋晃晃悠悠地走着。

终于到了车站,并子停住了脚步,京野向她问道:

“不送我去站台吗?”

“今天有些累,算了吧。”

“那好,再见了。”

“再见。”

并子轻轻地点了点头,于是两人便分手了。从此以后,并子便再也没有见过京野。

三

电话铃又响了,连着十下,断了一会儿,又接着响了起来。看样子一定是京野无疑了。

他是知道并子在家,所以才不断地这么打电话的。

铃声又响了三下,并子只好拿起了听筒。

"为什么不接电话?"

京野的声音一下子冲了出来:

"刚才,话还没说完呢!"

"……"

"怎么不回答呀?"

并子不由得将听筒拿得离耳朵远远的。

现在听筒里的声音是这四年来听熟了的声音,在一个月前,听到这个声音,并子心里还会感到十分温馨。

可是现在不行了,这声音听上去就像是一种令人讨厌的噪音一般。

"你再不说话,我马上就赶过去。"

"你赶来,我也不见。"

"可我有钥匙。"

"讨厌。"

实在不行,将门从里面挂上门链,并子心里这么对自己说着。

"到底怎么了呀?"

京野还是不肯罢休地要问理由。

"什么地方不称心了呢？"

"干脆些，讲出理由来呀。"

"理由……"并子刚说了两个字便再也无法继续了。

理由便是看到京野买牙膏牙刷，那一瞬间使得并子感到京野的家庭观念是十分浓厚的。

京野绝不是自己看到的那个精力充沛、潇洒倜傥的男人，他其实是个名副其实的丈夫和父亲。

本来这就是事实，之前并子也不会太在乎。只是近来京野去并子的住处吃了便睡的所作所为，使得并子犹如被人打了好几下闷拳似的，已是十分痛苦，而这买牙膏牙刷的行为，就像一记致命的重拳击在并子的要害上，使她一下子再也无法忍受了。

"说出来也没什么意思。"

"为什么？"

"你不会理解的。"

"不要紧的，说吧。"

并子只是轻轻地摇了摇头。

自己如果讲他买牙膏牙刷的事，他能理解吗？说出来，他一定会怪自己太多心的。

而且,说出来,自己也会觉得无聊!

"我挂电话了。"

"不行!"

京野叫得越响,并子的心越冷。

"你说理由啊!"

"……"

"一直好好的,一下子变成这个样子,肯定是有原因的。"

"……"

"一定是为了什么吧?"

不知何时,京野的声音里有些哭腔了。

"肯定有原因。"

确实,仅仅因为他买牙膏、牙刷对他变心是有些说不过去的,可并子心底里不想再见他却是实实在在的。

"有别的男朋友了?"

京野继续在电话里啰唆。

"我说对了,是有了吧?"

真的要是有了,自己该有多么幸福啊!并子心里凄惨地想着。

"怎样的男人？告诉我。"

"没有的事。"

"那为什么？"

"说了,你也不明白的。"

"我怎么不明白,你别当我是傻瓜,我从高中时就是优秀的学生,大学也是一流的,公司里也从不输给什么人。"

"我不是说你这个。"

"那你说我什么？"

"别再缠我了,好吗？"

"不好,不好!"

并子不由得闭上了眼睛,许久微微地摇了摇头,嘴里喃喃地念叨:

"再见吧!"

说着,她便毫不犹豫地将电话轻轻地搁下了。

泪壶

一

希望将自己的骨灰制成一只壶——这是妻子愁子临终前一个月向丈夫诉说的愿望。

当时听了，丈夫新津雄介只感到妻子是被病魔折磨得心智有些糊涂了。

然而，妻子却十分认真！

"反正我是不行了，将我的骨灰做成一只美丽的壶吧。"

妻子才三十六岁，一年前患上了乳腺癌。以前她的身体一直很健康。有段时间，她感到左胸有个硬块，可也没十分在意，一直到病灶发展到了相当程度才去医院，诊断结果为乳腺癌，便马上住院动了手术。

当然，动手术割去乳房，这对愁子来说是有些不情不愿，但想到性命攸关，也就只好认命了。应该说手术做得十分细致，不但割去了左乳房，还将腋下至淋巴范围内的所有可能含癌细胞的组织都清除得干干净净。可是才半年便转移了，而且确诊为肺癌。

雄介和愁子一开始都感到人尚年轻，不太会有生命之虞，然而他们不知道，恰恰是因为年轻，才促使癌细胞快速地扩散开来。

过了新年，春回大地，犹如被这万物竞发的大自然吸走了精气似的，愁子的身体一日不如一日，只能挨到樱花盛开的季节，医生终于明说了她的生命仅剩下一个月左右的时间。

因为他们婚后没有孩子，所以雄介外出旅游，甚至去酒吧喝酒，总是将妻子带在身边。在同事朋友间，他免不了被冷言冷语地说是"妻管严"，因此难以想象，没有了妻子，他的日子将怎么过下去。

可是，现实是无情的。雄介望着妻子病入膏肓的样子，不得不相信医生的话。

妻子的身体一日比一日消瘦，也许是肺部受癌细胞损伤已十分严重，稍微说几句话便会引起剧烈的咳嗽，甚至喘不过气来，以致身体更加难受。

强忍着这种痛苦，妻子竭尽全力向他倾诉道：

"家里……不是有一个骨灰瓷盆吗？"

所谓的骨灰瓷盆其实是一个将动物骨灰拌在陶土中制成的盆子。据说拌入的是牛的骨灰。这骨灰瓷器的制作工艺最早是英国人发明的,也许是无机物质的瓷器中含有了有机物质的骨灰成分,所以烧成的瓷器显出一种淡淡的浅灰色调,感觉十分自然柔和。因为这天然浑厚的质地深受人们的喜爱,所以这种工艺很快在世界各国得到普及,不过上档次的精品还是英国产得多。

五年前,雄介与愁子去欧洲旅行时,在伦敦一下看中了那个盆子,于是便将它买了回来。

愁子也许对当时听说的骨灰瓷器的制作方法印象深刻。

"牛的骨灰……可以制成盆子、花瓶……人的骨灰,也可以做成一只壶吧。"

确实她说得没错,可是用人的骨灰制作瓷器,却是迄今为止闻所未闻的事。

"我已经不行了……最多还有一个月。"

雄介心里想说"别瞎想",可又有谁能比愁子更了解自己的身体状况呢?虽说身患绝症,但愁子的头脑是十分清醒的,此时此刻用言语去安慰她,只能使她徒增悲伤而已。

"与你结了婚……你待我这么好,我心里真是很感激的。"

这话是愁子说的,但雄介也是相同的心情,而且与此相比,雄介心里还多了一分悔恨:早知道将要如此早地分别,平时应该再待她更好一些才是呀!

"嫁给你这样的丈夫,我就觉得……没有白白浪费了这人生……"

愁子每说几个词,便会引起剧烈的咳嗽,雄介劝她不要多说话,可她还是挣扎着说:

"我死后……请不要忘了我呀。"

"当然,怎么会忘了呢?"

"永远不忘……将用我骨灰制成的壶……放在你身边。"

"……"

"我死了,也想伴在你身边。"

愁子的话,使得雄介不忍心说出人的骨灰是不能被制成壶的。

"你一定要记住我的话呀。"

又过了半个月,愁子由于咳嗽厉害与呼吸困难已不能进食了,每天只能靠输液维持生命。她整个人完全脱了形,双眼凹进两个深深的窟窿,下巴削尖,看上去像一个幽灵似的。

看着自己这副可怕的形象,愁子哀怨地诉说:"你不照我的话做……我可是要变成鬼来找你的。"

说着从被窝里伸出只剩一层皮包骨的手指,雄介默默地伸出自己的小指钩住了愁子的指头。

"我一定会照你的话做的,你好好休息吧。"

再过一个月,愁子的生命便到了尽头。

如果真像医生所说的,愁子在一个月后离开人间,雄介嘴里不说,可心里的悲伤是可以想见的。然而,也正是在这个瞬间,他从心里打定了主意,一定要遵照妻子的心愿将她的骨灰制成一只壶。

从技术上来讲,用牛骨能制作瓷器,那么用人骨就不应该不行。

雄介翻看了不少有关瓷器的书籍,书中记载作为骨灰瓷器主要原料的骨灰用任何动物的都没关系,只是用牛骨制出的东西杂质最少而已。

这样看来,虽说人骨与牛骨的有机成分——磷酸、钙质等比例会有些不同,但烧成灰后,本质上是不会有太大的差别的。雄介对自己的认识不太有把握,又去请教了公司里懂行的同事,得出的结论也是相同的。

既然任何动物的骨灰都可以,那么人的骨灰也是没问题的。

这样理论上的问题解决了,剩下的便是怎样取得妻子的骨灰,去找谁来制作这么一只壶的问题了。

用人的骨灰制作瓷壶,是不能在光天化日之下声张的,只能在绝密的情况下进行,这样就必须找一个十分可靠的人才是。

经过反复思考,雄介决定去找在会津经营窑场的陶艺家斯波宗吉先生。

以前,雄介编辑的月刊刊出过有关陶瓷器的特辑,因此雄介去东北地区的窑场采访时结识了斯波。

本来,斯波也不是什么有名的陶艺家,当时只是请他介绍了一些有关会津地区的陶瓷情况而已。

不过在与他的接触交谈中,雄介对他诚实、忠厚的品德产生了颇佳的感觉。

另外,临别时雄介看到那窑场木架上放着的一个晶莹剔透的白瓷花瓶,这使雄介对他的手艺留下了深刻的印象。

"妻子的骨灰能否制成那样美丽的壶,留传于世呢?"

雄介这么想着,终于拨通了斯波的电话。

先聊了一会儿好久不见的客气话,雄介便说出了自己的请求。斯波好一会儿没有作声,很明显,这么一个突兀的问题使斯波一下子不知如何回答才好。

"看来,我这事太难办了。"

雄介有些灰心地嘀咕了一声,不料斯波却突然喃喃地说道:

"试试看吧。"

"真的?"

"我答应你,可颜色、形状都得依我。"

"这个当然喽。"

雄介点头表示赞同,马上又补充道:

"只是,这东西是纪念我妻子的,希望不要太俗气……"

斯波没有回答,不过可以感觉得出他答应了雄介的要求。

"这样,我妻子也会高兴的。"

"还有,那骨灰能邮寄吗?"

"我自己送到你那里去。可是,不知要多少骨灰才合适呀?"

斯波稍微想了一会儿,说真正称得上是骨灰瓷器的东西,应是一半陶土一半骨灰的比例。

雄介马上想起平时看到的那种盛骨灰的容器来,那样大小的容器盛满骨灰也许不会有多少量呢。

"多一些当然最好,不过单单为了纪念而制作一只壶,骨灰的比例少一些也是没关系的。"

"那么骨灰最好是什么部位的?"

"什么部位都没关系,只是最好将那东西碾成粉末后给我送来。"

雄介点了点头,表示明白,心里却在为自己的行为感到吃惊。

虽说身患绝症,但妻子还好好地活着,雄介却在与人谈论着怎样将她的骨头碾成粉末去制作什么壶,这要是让警察知道了,可不是件好玩的事啊!

确实,雄介也已觉得自己的行为触犯了法律。

即使是妻子本人的愿望,擅自取用她的骨灰也是犯了与伤害她的遗体相同的罪行。法律有规定,盗墓、损坏骨灰是有罪的,那么将人的骨灰拌进陶土做成瓷器就更是犯罪行为了。

"只是我有一个请求,这件事请您一定保密。"

"这种事,我去说给别人听,有什么好处呢?"

确实,斯波既然答应制壶,那他就是同案犯了,他是没有理由去对别人说的。

"那就谢谢您了。"

雄介还想问斯波制壶的价格,但想到这种事,即使问他,他也无法回答。他既然答应了,当然知道其中的风险,所以不可能是为了钱才这样做。

"反正我要去你那里,好多事见面再谈吧。"

雄介对着话筒,深深地弯下腰鞠了个躬。

<h1 style="text-align:center">二</h1>

给斯波打过电话一个星期后,愁子便走完了她的人生道路。

临终前一天,愁子还有些意识,直到最后昏迷之前,她还念念叨叨地说道:

"将我的骨灰……做成壶……放在身边……"

妻子遗体火化后,雄介带去两只骨灰壶①,将妻子的骨灰盛了满满两壶。

在一旁的亲戚朋友也感到奇怪,雄介便向他们解释说:"不忍心妻子的骨灰被别人乱丢……"于是大家便不再说什么了。

"头七"后,各种丧礼大致都结束了,夜深人静,雄介便将妻子的骨灰取出,放在乳钵中轻轻碾成了粉末。

幸好没有孩子,一个人住在房间里,半夜三更做什么事情也不怕有人看见。

由于癌细胞转移,愁子生前服用了大量的抗癌药剂,所以她的骨头十分脆弱,轻轻一碾便成了粉末。

①骨灰壶:日本人去世火化后,习惯用来盛装骨灰的容器。

雄介从骨灰壶里取出肋骨、肩骨,慢慢地又取出手骨、足骨,他一边碾着一边觉得自己就像在伤害着妻子的身体一样。

"再忍一下呀,马上好了。"

雄介原本觉得两壶骨灰应该是不少的,可碾成粉末也只是浅浅地盛满一壶而已。

雄介将两壶骨灰碾成粉末,只留下形似佛像的喉骨,这是一定要留下将来放入妻子的墓里去的。

第二天,雄介便带着妻子的骨粉去了会津,将它交给了斯波。

"粉白粉白的,说这是人的骨头,谁能相信呢?"

斯波说着用手掬起一把骨粉,让那粉末从手指缝间徐徐地洒落下去,接着又说:

"有了这粉,制出来的东西,也许是会有些味道的。"

手里握着骨粉,斯波心里荡起了一种跃跃欲试的异样感觉。

"这东西,要花多长时间呀?"

"总得有一个月吧。"

"这么长时间呀。"

"这是不容失败的,所以要有充分的时间使其干燥,所有的工艺也都必须十分谨慎小心。"

"这是我的一点心意,请一定收下。"

雄介将一个绸巾包递给了斯波,里面包着五十万日元的现金。

像斯波这样的陶艺家该付多少酬金,雄介心里一点数也没有,但自己托他的是件非比寻常的事情,所以这五十万并不算太多。

一下子,斯波有些不知所措,但他还是默默地收下了雄介的绸巾包。

"东西好了,请与我联系,我会来取的。"

雄介说着,看了一下日历,心里想,如果顺利的话是能赶得上"断七"的法事的。

三

斯波宗吉告诉雄介可以去取壶了,是那之后过了一个月零几天的时候。

于是,雄介利用周末休息去了会津。

斯波住的是山间的茅屋,他热情地将雄介让进了他的客厅里。

"就是这个。"

顺着斯波的手,可以看到壁龛里漆黑的台上放着一只壶。

"不知称不称你的心……"

雄介不由得两手撑地俯下身去仔细地看了起来。

这是只质地浑然、晶莹透亮的壶。

壶高约四十厘米，从上部开始自然地朝下扩大，充分表现了它的圆润之美后，渐渐地缩小，最后又稍稍扩大了一圈，形成一个平稳结实的底盘。

整个壶看上去犹如一个纺锤，雍容华贵而又亭亭玉立。

雄介当时对斯波并没有提太多的要求，只是说了句："这东西是纪念我妻子的，希望不要太俗气……" 可眼前的这个壶，正合雄介的心意。

不只对那优美的形状，雄介对其色调也感到十分称心。

那色调乍一看似乎洁白晶莹，然而仔细看却发觉它绝没有普通瓷器的那种牵强，而是透出一种令人陶醉的甜甜的感觉。

"这并不是单纯的白，是白色中渗着些炼乳色。"

斯波说得不错，这洁白的色调里显出一些浅浅的灰色，更增添了一种祥和的感觉。

"总算体现了你那材料的气质。"

"太感谢了！真没想到会这么漂亮，我一定会永远珍惜它的。"

"总算没让你失望，我也放心了。这壶，插上几束花，将它放在壁

121

龛上,更能显示出它的风韵来。"

对斯波的话,雄介点头表示赞同。他将脸凑近那壶仔细地看着,越看越感觉壶质像自己妻子的皮肤,嘴里不由喃喃地说道:

"太像了……"

妻子的肌肤有着北陆地区特有的白润,虽说过了三十有些发福,但那肤色还是光洁白凝的。

现在,午后的阳光透过纸窗洒落在那壶上,那洁白的瓷质与雄介与妻子在屋里戏耍时见到的妻子的裸体完全一样。

"妻子一定也十分满意。"

"不过,不瞒你说,这是件失败的作品。"

"你说什么?"

雄介吃惊地追问道。于是斯波站起身子将那壶抱到自己的膝盖上。

"这里,有一点痕纹。"

仔细一看,果然壶口下有一点淡淡的朱色痕纹。

"这是窑醉。"

瓷器在烧制过程中,湿度的高低和氧气的多少会使瓷器的色调产生微妙的变化,这一点常识雄介也是知道的。所以,往往火候掌握得不好,烧出来的瓷器便会不尽如人意。这种情况,行话便称之为"窑醉"。"窑醉"在很多情况下是一种不可抗力。

因此,陶艺家们为了得到最理想的东西,往往反反复复地烧制许多相同的东西,从中选出最好的作品来。

"真是太丢人了!"

斯波将壶放回原处,惭愧地低下了头:"就这么一件作品……"

雄介重新看了看那壶上的一点淡淡的朱色,犹如不经意间洒落在上面的雨点。这朱色与周围的洁白相比虽然显得有些不同,但并不令人感到不协调。

"我看上去,并不觉得是痕纹呀。"

"这是您的感觉,可我的初衷是要求洁白无瑕的呀。"

"这朱色是偶然产生的?"

"当然,我本意是绝不希望有这杂色的。"

雄介不由得用手在那朱色的痕纹上轻轻地抚摸,一边抚摸一边若有所悟地点着头。

"莫非,这是泪痕?"

"……"

"妻子曾反复地哭诉,说她不想死。"

"您能这样认为，我是非常感激的。"

"就当它是我妻子的泪痕，这只壶就叫泪壶吧。"

雄介说着将壶抱了起来，就像拥抱着妻子似的将那壶紧紧地贴在了胸前。

四

愁子"断七"的祭事是在雄介家里进行的，参加者只是极少的几位关系密切的亲友。

除了愁子的父母，便是几位旧时的好友和一些关系亲密的邻居，总共才十几个人。

这十几个人，三室一厅的房间显得有些拥挤。雄介从酒店叫来了菜肴，大家围坐在一起，一边吃着一边缅怀愁子的生平往事。

愁子逝世后，雄介买了一个小小的灵台，用以供放愁子的骨灰壶和牌位。祭事的这一天，在那边上，又多了一只插着菊花的洁白美丽的泪壶。

灵台很低，所以那泪壶更显得光彩夺目。可来参加祭事的亲友们都认为那只是一只普通的花瓶。

只有愁子大学时的好友菜穗子由衷地赞叹道："这壶真是太漂亮

啦!"这才将大家的注意力吸引到泪壶上来。

"以前,愁子就一直喜欢这只壶……"

雄介含糊地说明,大家似乎并不感到奇怪。

祭事结束,临回家时,愁子的母亲对雄介说道:"过些日子,该将愁子的骨灰送到寺庙里去了吧?"又有几个人同情地叹道:"这以后,雄介是真正形影相吊了。"

"这我是有心理准备的。"

雄介点着头,心里却十分坦然,虽然骨灰要送去寺庙,但这泪壶还会时时刻刻陪伴着自己。这泪壶所含的愁子的骨灰远远超过了那将要送去墓地的骨灰壶里的。

四十九日"断七"以后,雄介也不忘在灵台上供香和上水①,但他心里最欣慰的还是那只宝贝泪壶。

灵台上供着牌位,但只是和尚在上面写了个愁子的名字,而泪壶却是确确实实蕴含着愁子的骨粉和心愿的。

平时喝了些酒,醉眼蒙眬地回到家里,雄介总忘不了对着泪壶说说话:

"我这么晚回来,你一定寂寞了吧?"

①上水:日本的习俗,在灵台上供上一小瓶水,表示对死者的悼念。

壶里没有插花,他也总是朝里加水。在灯光下看去,那壶里的水发出异样的光亮,时时将雄介的面影映得清清楚楚。

可是雄介却不认为那是自己的面影,而总是将其看作是妻子的面影。

"今天,是你也认识的铃木的欢送会,他调到北海道的分公司去了。"

雄介对着壶里的面影,这么诉说着,将那壶摇了几下,于是便能听见壶里发出一些奇妙的声响来。他明知这是水的晃动声,可却总喜欢将这认为是妻子对自己话语的回答。

"好吧,时间不早了,进房休息吧。"

卧室里的床,也还是像以前愁子活着的时候一样,是一张宽宽的双人床。

以前,雄介回家晚的时候,愁子总是睡在这床的一边,迷迷糊糊地唠叨:"怎么才回来呀?"

可现在,这床上再也不见愁子了,剩下的只有那只洁白的泪壶。

"来,与我一起睡吧。"

雄介抱着泪壶来到卧室,将它放在床头柜上。

"晚安……"

关上灯,雄介渐渐适应了黑暗的眼睛里,便清晰地映出那洁白的泪壶。

雄介躺在床上,看着泪壶,总会产生一种与妻子同床共枕的错觉。

愁子的身子也如这泪壶般雪白光滑,特别是两人相爱后,她的肌肤里好像吸足了水似的,湿润润的,柔润无比。

这样回想着,雄介不由得从床上伸出手去,轻轻地抚摸起那泪壶来。

本该是冰冷的壶身,雄介却意外地感到温和,甚至还有些汗津津的感觉。

从壶的圆滚滚的部位慢慢地朝下抚摸过去,雄介真的觉得有些不能自已了。

"爱你……"

雄介喃喃地呓语,猛地将泪壶抱入了怀里。

雄介已无法分辨妻子、泪壶,只是感到如梦如泣、如痴如癫。

一个四十三岁的汉子,竟会抱着一只壶发泄自己的情欲,事后雄介常常会感到不可思议,会羞愧得无地自容。

当然,这是不能与别人说的。

可是，妻子过世已有半年了，这期间雄介心里时时想念妻子，一看见泪壶便会情不自禁，这实在不能说是正常现象。

仔细想想，这半年来，雄介没碰过一个女人。

也许是压抑着的情感宣泄到了泪壶上。

"偶尔，找个女人也可以吧？"

一个休息日的下午，雄介对着泪壶说道："你是我最爱的，这一点是不会变的。"

事实上也确实如此，对雄介来说这个世上还没有一个女人超过他的妻子，妻子是他唯一爱的女人。

在这前提下，偶尔找个女人，妻子也是会原谅的。

可即使这么想着，雄介还是不能产生与别的女人交往的兴趣。

五

妻子去世后，雄介第一次与女性一起吃饭是妻子周年后一个多月的事了。

对方是采访工作时认识的，叫井波麻子，三十七岁，是位造型设计师。她年龄与妻子相同，但个子要比妻子高，又十分讲究打扮，工作上也是一把好手。

雄介与她关系亲密起来是因为采访工作结束后,闲聊中得知她已经离婚而且也没有孩子。

久违地与女性一起就餐,雄介不由得将妻子一年前患癌症过世的事对麻子说了。

"现在也还是有一种感觉,我晚上回去好像她在家里等着我似的。"

在这种场合,说起妻子过世的事情,在雄介看来是想求得妻子的谅解,在麻子看来雄介十分诚实忠厚。

"你这么爱她,你夫人真幸福呀!"

麻子离婚了,所以似乎不太想涉及自己的事,于是换了个话题。

"不过,你一个人生活,洗衣服、打扫房间怎么办呢?"

确实问得有道理,这是雄介最伤脑筋的事情。

妻子过世时,她母亲离得近,便时常来帮帮忙,可半年前老人感到腰不便,于是便不再来帮忙了。

没有办法,雄介只好请了个用人,但到底不是自己家人,好多细小的地方难免不能周全。于是,房间便渐渐地杂乱起来,雄介的身心也感到痛苦不堪了。

"总之,男人一个人生活,总不是滋味呢。"

这样说着,雄介不由得想象着麻子在自己家里的情景来。

三次约会后,雄介终于开口约麻子去自己家里,麻子也十分爽快地答应了。

房子是五年前按揭买下的,一个人生活显得十分宽敞。

"这不是打扫得很干净吗?"

麻子满是意外地环视着房间,目光落在了壁橱上的灵台上。

"夫人,真是漂亮呀!"

看着牌位前的照片,麻子双手合掌对着灵台鞠了个躬。

那天,麻子在雄介家里待了一会儿便告辞了,然而从那以后,他们见面的次数便直线上升了。

本来雄介的工作是编辑以中年妇女为对象的杂志,所以与麻子这样的设计师在一起也并不引人注目。麻子也一样,作为工作与雄介这样的编辑经常接触,也没什么不正常的。

这样频繁地交往约会两个月后,雄介与麻子终于亲密地结合在了一起。

地点是在新宿的旅馆里。平时很难为情的雄介,那天是借着酒意对麻子做出邀请的。

也许是结过婚,麻子对这种事情显得不慌不忙。倒是雄介,也许是太久没有接触异性了,显得高昂激动,兴奋不已。

这样发展下去,也许她会与自己结婚的……

雄介这么心旷神怡地遐想着,回到家里,目光却一下碰上了佛台边上的泪壶。

于是雄介赶紧朝着泪壶低下了头。

"对不起,只是玩玩的,我一点儿也没有忘记你……"

可是,第二天一到公司,雄介便将泪壶丢到了脑后,满脑子都是麻子的影子。

只要有一次跨过那条界线,男人和女人的关系便会急速地发展。

以前雄介与麻子每星期约会一次,但这之后马上便发展成为两次或三次,而且每次都要去旅馆,费用也大大地增加了。

于是,雄介便想约麻子到自己家里去玩,但麻子却以种种借口回避着不肯去。

"去我家,又不用担心时间,气氛也十分舒适,为什么不肯呢?"

在雄介的质问下,麻子终于期期艾艾地说出了她的心里话。

"你那屋里有好多你夫人的东西,不是吗?"

听了这话,雄介才猛然想到自己家里那个妻子的灵台。

确实也是,灵台那么放着,怎么会不使麻子心神不宁呢?

"现在,好些东西都已处理掉了。"

雄介这样回答着麻子的问题,心里在想着将妻子的灵台拆去。可是拆去后移到何处去呢?本来,说是灵台,实际上也只是一块写着妻子名字的牌位而已。如果将其移到墓地里,与妻子的骨灰放在一起,倒是十分自然妥帖的。

可是,现在这么做,妻子的娘家人会怎么想呢?然而,都已一年半了,前些日子碰到妻子的母亲,她也劝雄介:"有好的人,结婚也无妨的。"这么看来,将妻子的灵台撤去,把牌位供到寺庙的墓地里,也许他们也是不会反对的。

一个星期后,雄介去妻子的娘家,讲了自己的打算,得到他们的许可后,便将妻子的灵台搬到了寺庙里。

"这样,你妻子的所有一切便全都没有了呀。"妻子的母亲带着些许嘲讽的语调。雄介赶紧摇起了头。

"灵台没有了,可家里的一切还是愁子生前的样子。"

睡的床,坐的沙发,最关键的是那只泪壶还留在家里,那要比那灵台不知多多少倍地勾起雄介对妻子的思念呢!

六

灵台搬走半个月后,麻子终于去了雄介的家里。

"我不会惹你夫人忌恨吧?"

麻子这么说着,环视着到处留有男人大大咧咧痕迹的房间。

"很整洁呀,这房间。"

"经常请钟点工来打扫的。"

"这壶真漂亮呀!"

突然麻子看到了沙发前面桌子上的泪壶,这么说着,雄介不由得一下子慌了起来。

"你喜欢吗?"

"这是我花大价钱买来的,所以……"

麻子继续盯着那泪壶看着,突然身体朝壶凑了过去,伸出手指在洁白的泪壶上叩了一下。

于是,"嗡……"的一声沉闷的声响从泪壶中传了出来,麻子神情肃穆地嗫嚅道:

"这壶,在哭呢。"

是说着玩玩的,还是心有所指? 麻子这样的举动实在有些出人意料。

这天夜里,雄介让麻子住下,麻子起先也并没有反对,可是当她去浴室冲洗出来后,却摇着头一下改变了主意。

"对不起,我来月经了。"

都已经钻进被窝等着的雄介,不由得感到扫兴,但想想麻子又不至于说谎。

"应该还有四五天呢,这么早来了,奇怪呀……"

麻子自言自语地穿好了衣服,雄介也只好起身。两人重新坐到沙发上喝起红酒来,可雄介心里到底有些说不出的滋味。

怎么会偏偏这种时候,发生这种事情呢?麻子这么想着,突然恍然大悟地叫了起来:

"该不会是你夫人在作梗吧?"

"这话,这种事情……"

雄介一个劲儿摇头否定,可心里也不由得感到有些道理。

结果那天晚上,两个人可以说是乘兴而来,扫兴而归。雄介的心里,更是郁结起了一团焦虑和不安。

那以后,雄介又邀请了麻子好几次,半个月后麻子终于又一次去了雄介的家。

这次总不会有事了吧？雄介这么想着，正想将麻子抱去卧室，突然电话铃响了起来。

　　拿起听筒，是总编辑打来的，有一篇稿子要临时调换，让雄介马上赶去公司。

　　又是节外生枝，两次不能如愿的雄介，心情更是焦躁。半个月后，他又一次将麻子约到家里，这一次总算没有生出什么事情来。

　　两个人喝了不少酒，都有了醉意，拥抱在一起亲吻了好一会儿，才一起进到卧室里。不料，发现那只泪壶竟摆在床边的床头柜上，这也许是钟点工为了改变一下卧室的氛围，从外面搬过来的。

　　"这壶跑到这里来了呀。"

　　麻子嘴里嘀咕着，脱去衣服钻进了被窝。

　　"喂，将灯关了。"

　　麻子要求着，雄介便关上了灯，顺手在麻子的身上抚弄起来。

　　迄今为止，麻子来家已三次了，可一次也没有好好地尽兴相爱，这当然并不会有什么大的影响，但两人之间的关系这段时间有些冷淡却是事实。

　　因此今夜一定要好好地温存一下，再顺势向麻子正式提出结婚的请求。雄介心里这么盘算着。

外表看上去显得瘦瘦的麻子,身上却意外丰满。

雄介激情满怀地感触着麻子富有弹性的肌肤,情不自禁地将头凑到麻子的怀里,一个劲地舔着她的乳房,同时右手也朝着她的下身行动起来。

渐渐地,麻子兴奋了起来,雄介便欲行其事,翻过身子刚要扑到麻子身上,眼前却映出那只雪白的泪壶。

一瞬间,雄介怔怔地凝视着泪壶,身子瘫痪似的不由得趴在了麻子身上。

与麻子做爱已经好多次了,相互也已习惯,如果在平时,只要雄介按部就班地行动,一切便会尽情尽兴。

然而,不知什么缘故,今晚有些奇怪,雄介感觉自己趴在麻子身上竟一点劲儿也没有了。

这是迄今为止从未有过的事呀!

看着仰面朝天紧闭着双眼的麻子,雄介心里不由得焦躁起来。

雄介只好从麻子身上滚了下来,用嘴巴不停地舔着麻子的嘴唇、乳房,双手也慌慌忙忙地不断抚弄着她的身子。

然而一点效果也没有,越是焦躁越是打不起精神来。

实在没有办法,雄介只好将头埋进麻子的双腿间,正想用舌头去

舔她那最敏感的地方,只听黑暗中麻子深深地叹息道:

"算了,别再瞎折腾了。"

明明是在同一个被窝里,可麻子的声音听上去却完全像另外一个人似的,语气冷冰冰的。

雄介尴尬地躺直了身子。淡淡的黑暗中,只见麻子睁大着眼睛,怔怔地看着天花板。

"我要起来了。"麻子怏怏地叹道。

雄介不作声响,于是麻子又缓缓扫视了一下周围。

"这屋里,好像有什么人呢?"

"这屋里?"

"我不想再待在这里了⋯⋯"

也许麻子为了镇静一下自己的情绪,用手将自己的头发往上拢了拢,然后动作迅速地穿好了衣服,走出卧室。

雄介一个人在床上,不由得又朝一边的床头柜上望了望,只见那泪壶圆圆的、白白的,清晰地浮现在眼前。

"这怪事⋯⋯"

雄介慌忙起身穿好衣服,然后也走到外面的客厅里,喝着刚才剩下的红酒。一会儿,麻子从浴室里出来说:

"我要回去了。"

"再稍微坐一会儿不好吗?"

"不行,我突然想起了一件急事。"

麻子不由分说地将包挂在肩上,连"再见"也没说一声,便出门离去了。

七

与麻子的关系冷淡,便是从那次不欢而散开始的。

从那以后,麻子再也没给雄介去过电话。雄介打电话约她,她也总是以工作太忙,推托不见。

最后雄介几乎是死皮赖脸了,一个月后终于约上了麻子见面。可麻子却像完全换了个人似的,一点儿也没有了昔日的温柔与可爱。

雄介约她去家里,麻子干脆头摇得如拨浪鼓。

"我们以后还是不要再见面了吧。"

"什么地方不称心了? 你和我讲明白嘛。"

"没什么不称心的。"

"瞎说,这样不明不白的,我不答应。"

"那好,我说。因为你身上还附着你老婆的影子。"

"你这话……"

"你那房里,你老婆时时在看着你呢。"

"哪会有这样的怪事……"

雄介一个劲儿摇头否认,麻子却两三口喝完了杯中的咖啡告辞了。

麻子走后,雄介回到家里,不由得又想起了麻子的话来。

麻子说自己身上附着妻子的影子,这难道是真的吗?

当然,雄介深夜一个人回到家里,躺在床上,有时会想念妻子。可只是如此这般而已。而且平心而论,这一年来,自己心里对麻子的思念比对妻子的不知深多少倍呢。

"这也许是她想分手的借口吧……"

可对麻子来说,雄介也是个不错的丈夫呀。工作暂且不说,两人的身体也已结合在了一起,在外人看来,他们应该是早已订了婚的。

然而麻子却突然要求分手,这其中一定有什么理由。

雄介这么想着,转过头去,一眼又望见那沙发旁桌子上的泪壶,它依然洁白透亮,奶白色的壶身闪着迷人的光彩。

"该不会因为这壶……"

雄介不由得想起麻子第二次来家里时用手叩这泪壶的情景。

从那以后,雄介便感到与麻子总有些讲不清道不明的不融洽来,不会是这壶在作怪吧?

"尽是些瞎想……"

雄介摒弃掉了头脑里的胡思乱想,找了块干布,带着一种宽慰的心态轻轻地擦起了那只泪壶来。

八

和麻子分手后,雄介反而更加认真考虑起了再婚的事来。

迄今为止,自己的心思一直在那死去的妻子身上,可毕竟她已不在人世两年了呀。

雄介再想想自己已经四十一岁了,尽管他自己还觉得很年轻,但毕竟已到了不容再折腾的年龄了,再这么磨磨蹭蹭,也许人生便会在孤独中无情地步入中年。另外,工作方面雄介也不太称心,最近他被从以前颇有人气的女性杂志编辑岗位上换了下来,贬到十分枯燥的校对部门去当校对员了。本来人到了这个年龄,待在一线编辑位子上会感到力不从心,总有一天会被调动这件事,雄介本人心里也是有所准备的,但真正事到临头,雄介心里还是十分失落的。

"眼看,我老婆过世也有两年了……"

雄介最近也开始在亲友、上司面前表示自己想结婚的意思。

"你终于也感到一个人生活挺寂寞的了吧？"

上司和亲友也能十分理解雄介的处境。

"到了这个年龄，也没什么可挑三拣四的了，只要身体好，能顾家，便可以了。"

在雄介心里，当然还想找一个漂亮的妻子，但麻子的事情使他有了自知之明。自己已是这个年龄了，与其找个场面上的摩登妻子，倒不如寻一个能为自己营造一个温馨家庭的贤惠妻子为好。

又过了半年，这中间雄介有过几次相亲。

虽说雄介年龄不小，但在大出版社工作，又没有孩子，所以雄介在女人眼里还是颇有魅力的。

这样托人介绍了好几次，总算与一位叫上野朋代的姑娘开始了交往。

朋代二十九岁，没结过婚，是中学的音乐教师，她父亲是东京都内一所小学的校长。也许家庭环境很是正统，所以便不知不觉耽搁了婚嫁的年龄。

初次与朋代见面，印象并不算漂亮，但肌肤白嫩，十分可爱。茶道、插花也学过，结婚后也愿意不工作待在家里，这几点都符合雄介的要求。而且她又比雄介小十六岁,比过世的妻子还要小十岁,这对中年的雄介来说正是打着灯笼也难找的好事呢。

连着约会几次,雄介很快就喜欢上了朋代。

与麻子相比,朋代要温文尔雅得多,然而却不显得呆板,而且时常露出灿烂的笑颜。除此以外,她对雄介还十分顺从、体贴。

交往两个月后,雄介正式向朋代提出了结婚的请求,朋代也十分爽快地答应了。

照雄介的心思,马上就要结婚,但朋代却说她母亲患肾病正在住院,等母亲的病好转一些,到了秋天再说,让雄介再等半年。

当然,对此雄介只好依从朋代,不过两人的关系进展十分迅速,没过多久便住在了一起。

完全出乎雄介的意料,朋代竟还是处女。

"如今的年代,竟还会有如此纯洁的姑娘……"

雄介对朋代更加爱不释手了,朋代也投桃报李,对雄介倍加体贴。

"这样老是在外面吃饭,花费太多,如果不嫌弃我做的菜的话,以后到你家去,我做给你吃吧。"

这话正中雄介的下怀,马上他便将家里的钥匙交给了朋代,使她能自由地出入自己的家里。

雄介真正又焕发了青春的朝气。

以前与愁子恋爱时也有这种感觉，如此看来，男人是离不开女人的呀。

到了夏天，朋代说她买了一套新家具要送来。已经决定结婚了，朋代的家里也许及早地做起了嫁妆的准备。

雄介心里本来也打算结婚时房子不换，里面的家具全部换新的。床、沙发、衣橱都已显得陈旧，而且都是妻子留下的，难免睹物生情。新的妻子来了，本应该有个新的环境、新的心情，当然，对朋代也应该尽量地报以爱情。

这样想着，突然雄介又想起麻子来。

如果当时换一套新家具，也许麻子就不会弃我而去了呢。

八月初，朋代的新家具来了，于是原来的旧家具全部被处理掉，而且连地毯和窗帘也换成了朋代喜欢的样式。

"这样，这屋子终于成了我的家了。"

朋代坐在她搬来的钢琴前，心满意足地打量着房间。

"旧西装，再见啦……"

雄介念起了一首老歌的歌词，可朋代却没听懂，含糊地点了点头,突然用手指着阳台说道:"那些东西不丢掉吗?"

雄介顺着朋代的手指望去,原来阳台上堆着一些纸箱、啤酒瓶,还有那只洁白无瑕的泪壶。

"这壶可不能丢呀……"

雄介慌忙去阳台将泪壶抱在怀里,小心地放到沙发边上的桌子上。

"是谁将它扔到阳台上去的? 这壶可贵重呢。"

"可我不喜欢呀。"

平时一直深明大义的朋代今天显得格外固执,雄介不由吃惊地回首看着朋代,只见她正对那泪壶怒目而视。

"一只壶为什么这么宝贝呀?"

"这么贵重的东西,当然宝贝。"

雄介这么解释着,朋代却闷声不响地起身走到厨房里去了。

再看看房间,妻子留下的东西全都不见了,连妻子生前喜欢的 CD 唱机、复制的维纳斯石版画以及客厅门口的门帘也都不见了踪影。

都让朋代丢掉了。

"这些东西,全丢掉了,她是会哭的呀……"

雄介用手抚摸着泪壶,用轻得使朋代听不见的声音嘀咕道。

九

也许是按自己的心愿置换了家具摆设,朋代每天都来雄介的家里。已经订了婚,婚礼也定在了两个月以后的一天,所以她每天来,也没有人说三道四的了。反而大家都认为她应该来,她已经是这家的主妇了。雄介自己也已完全将朋代看成自己的妻子了。

然而,也许是巧合,八月中旬的时候,发生了一件奇妙的事情。

正是盂兰盆节放假,雄介去了好久没去的愁子的娘家向愁子娘家人说了自己准备结婚的事。愁子的母亲也表示理解。了却了一桩心事的雄介回到家里,不料却发现那只放在桌上的泪壶不见了。

"放到哪里去了……"

以前泪壶曾被朋代放到了阳台上,所以雄介现在发现泪壶不见了便马上紧张地追问起来。于是朋代朝着壁橱上努了努嘴:

"那里呢。"

以前,这餐厅的左边有一架壁橱,壁橱上曾放过愁子的灵台。现在的壁橱换了新的,但地方还是老地方,那地方原本是放愁子灵台的地方,现在却鬼使神差地放上了那只泪壶。

"为什么放到那里？"

"这么大的一只壶，碍手碍脚的，放到阳台上，你又不高兴，所以才搬了过去的。"

这理由也不能说没有道理，但在雄介看来，那曾是放过愁子灵台的地方，而朋代却将那泪壶放了上去，他对此不由得感到有些意外，同时又有一种说不出的感觉。

当时事情就这么过去了。可过了一个星期，两人又为泪壶发生了争执。

那天特别热，雄介好久没与同事们在一起喝酒了，便应邀一起吃了晚饭，又去了新宿的酒吧，到家已是深夜十二点多了。

朋代还没睡，一个人坐在沙发上，手里竟抱着那只泪壶，用布在擦拭。

"你这是干吗？"

雄介不明所以地问道，朋代于是深深地吸了口气，对着泪壶上的那个痕纹吹了吹。

"这壶，染上脏东西了。"

"这不是脏东西。"

雄介说着便伸手去拿壶，可朋代却不肯松手。

"等一下，我正在擦着呢。"

"擦不掉的，这是买来时就有的！"

"可是，这东西真奇怪，我越擦，这痕纹就变得越多。"

闻言惊奇不定的雄介不由分说地将泪壶夺到手里，只见那壶上的痕纹果然又多出了一点。

"这痕纹，好像是两只眼睛里流出的泪水呀。"

朋代的话，使雄介惊异不止。

"你怎么说是眼泪呢？"

"这形状，不是很像吗？你不在家里，这壶都寂寞地哭了呢！喂，想哭就放声地哭吧！"

朋代说着从雄介手里拿过壶狠狠地用布在壶身上擦了几下。

"住手！"

雄介情不自禁地叫了起来，朋代一下子将壶朝雄介身上扔了过去。

"你果然是喜欢这个壶呀！不，你是爱这个壶！"

雄介慌忙接住泪壶反驳道：

"说什么傻话，爱这么一只壶！你当我发痴吗？"

"发痴！这只壶可是女人呢！"

"女人?"

"你喜欢这只壶超过喜欢我啊! 所以我气不过,存心捉弄捉弄这只壶。"

朋代说着突然伸出手去,要用指甲抓那只泪壶。

"你要干什么? 快住手。"

雄介紧抱着泪壶,朋代的目光气势汹汹地追了过来。

朋代这种表现还是第一次,只见她双手不顾一切地抓过来,雄介只好抱着泪壶逃入了卧室里,并将房门反锁上。

"浑蛋! 浑蛋! 你开门,我要看看那只壶到底是什么货色!"

朋代歇斯底里的叫声传入房里,雄介不由得感到,这壶又给自己惹来了不小的麻烦。

朋代因交通事故死亡是那之后三天的事。

为了泪壶争吵后,两人终于言归于好,于是他们一起去横滨中华街吃了晚饭,之后沿着第三京滨高速公路回家。

那天夜里,雄介喝了些酒,所以由朋代开车,雄介坐在一旁。

车到港北出口处,对面入口处一辆小车突然冲过道路中间的隔离带,迎面撞了上来。

雄介只感到眼前一黑,接着便失去了知觉。等到醒来,自己已躺在医院的病床上了。

"醒啦……"

声音远远的。雄介睁开眼睛,只见一位护士站在床前。

"没事儿吧?"

护士安慰着。于是雄介动了动自己的手脚,他感到右手与右脚有些痛,但还是可以动的。

"朋代呢?"

雄介问道。那圆脸蛋的护士难过地摇了摇头。

"很遗憾,她死了。"

"……"

"当场就死了。"

雄介望着病房窗口上雪白的窗帘,不由得想起了三天前朋代为泪壶发火的样子。

十

雄介的面前,站着那只洁白的泪壶。

夕阳西下,从阳台射来的残阳,将泪壶的影子映得如一条长长的尾巴,阳光里那壶散发着熠熠的光芒。

"朋代已经死了。"盘腿席地而坐的雄介对着泪壶喓嚅道,"全都没有了。"

先是麻子离自己而去,如今朋代又车祸身亡。对雄介来说,一切的一切都变得如白茫茫的大地,什么都没留下。

当然,这不能都怪罪在泪壶身上。麻子也好,朋代也好,都讨厌这泪壶,都唯恐躲之不及。特别是朋代,因为雄介太珍爱这壶而将它丢到阳台上,甚至想用指甲去抓它。

本来是个文雅温和的姑娘,怎么会如此反常呢?

"是你,太美丽了吧……"

可为什么就朋代一人死了呢? 确实事故发生前的一瞬间,车子是在靠右的超车道上的,可谁又会想到对面逆向行驶的车子会撞上来呢? 只差一秒钟,只要错开这一秒钟,两辆汽车就不会相撞了。

据说驾驶撞上来的汽车的是个男人,他喝了好多酒,趴在方向盘上睡着了。

谁又会想到会遇上这么个驾驶员呢?

这一切都是偶然,但实在是太离奇了!

而且,朋代死了,雄介却安然无恙,这是偶然。平时总是雄介开车的,这天却换了朋代,这也是偶然。

"为什么……"雄介不由得对着泪壶问道,"是你在操纵着这一切的吧。"

"……"

"是恨朋代才这么狠心的吧?"

可是雄介问泪壶,泪壶也只能默默无言。只有残阳的光线角度变化,使泪壶上那朱色的痕纹显得格外清晰。

连空气都凝住了似的,夕阳中,雄介不由得默默地打量起房间里的一切来。

三室一厅的房间里,全是朋代搬来的东西,妻子的东西已经不复存在,但是雄介的心里还是不能将妻子忘怀。

"留下的,只有你了。"

雄介从泪壶中看到了妻子,仿佛听到了临死时气喘吁吁地希望雄介将自己的骨灰制成壶的妻子的声音。

"你是怕我将你忘却,一个人太寂寞吧?"

泪壶依然沉默不语,残阳已是强弩之末,只有壶身的上半部分在闪着光芒,下半部分已经沉在暮色的阴影中了。

"不用再怕了。"

雄介在与泪壶对话期间,残阳半阴半阳地洒在泪壶上,看上去那只壶就好像是破涕而笑。

"现在这样,称心了吧?"

"你真是这样离不开我呀……"

雄介想起以前碾妻子骨灰时,骨灰里曾渗出水来的情景,已经过烈火的焚烧成了灰竟还会渗出水来。这是为什么呢? 也许这是愁子对雄介爱的执念,是妻子对丈夫爱的思念。

现在雄介切身体会到了妻子的爱。

"只要我活着,你是不会离开我的吧……"

残阳终于落了下去,暮色开始笼罩了房间,然而那泪壶却显得更加洁白无瑕了。

"真是个厚脸皮的家伙呀……"

雄介想起妻子走后一个人与这泪壶一起度过的那些不平凡的夜晚。现在同样的夜又来临了,雄介不由得又产生了将泪壶抱入房里去的冲动。

"我又是一个单身汉了。"

暮色中,雄介伸过手去将泪壶抱在了怀里。

这泪壶已陪伴自己三年半了,可色泽形态依然如故。

雄介又将脸凑近泪壶,却发现三天前朋代用布擦过的那痕纹又恢复到了从前那一点。

那一点,果然是妻子的泪呀……

当时确实是与朋代一起看到的,绝不会出现错觉,实实在在的两点,可现在确确实实只剩一点了。

这么看来,融入这壶里的骨粉还是有灵气的。

"静一静,别出声。"雄介提醒着自己,怀着一种祈祷的心情对着泪壶念叨,"我还是一直守着你吧……"

念叨声中,雄介感到自己的身体正在被妻子的灵气所包围,于是他慢慢地、静静地闭上了眼睛。

后记　没有理性的现实

　　本书是自从新潮社出版了我的短篇小说集《风之消息》以来将近十年的又一本集子。所以,这里收录的小说,年代跨度十分大。《泪壶》是1988年发表的,至今已有十二年了。十二年间只写了这几个短篇,是因为其间为几部长篇小说所困,实在不是自己对短篇失去兴趣的缘故。

　　本来我就十分偏爱短篇,创作初期写了大量的短篇,踏上文坛的处女作也是一部两万多字的短篇小说,那就是昭和四十年(1965年)得了个"新潮同人杂志奖"的《死化妆》。不过,最近的出版界,长篇占据绝对的优势,短篇集逐渐减少也是不容争辩的事实。这是不是出版社的原因,暂且不去议论,好多作家缺少写短篇小说的功力也是一个原因。因为写短篇小说,是一个削除冗长的表达、对内容文字精心提炼的过程,这必须要有相当的基本功训练才能成功。

对读者来说,要是一部短篇小说,能有其感人的魅力,在较短的时间里能使读者对人生、社会有一个鲜明强烈的感受,便是一篇成功之作了。相反,一部长篇小说,洋洋洒洒十几万言,读来却空洞洞的,大失所望,这实在就算不上什么有价值的作品了。

再从作者的立场来看,长篇小说,有足够的篇幅能使作者对人生与社会做详细的描述,而短篇却只能撷取其中一个断面,即所谓要在螺蛳壳里做出道场来。打个不恰当的比喻:小说就像一根萝卜,长篇小说就是将萝卜竖着,用一把刀从头切到底;短篇小说则只能切出一块,却要让人们了解萝卜的全貌。这样看来,短篇小说的难度无疑是要大得多的。

再来谈谈小说的题目,从本质上说,长篇、短篇没有什么区别。但有一个原则,就是要起到画龙点睛的作用。所谓小说,是要反映人生与社会中潜在的"没有理性的现实"的东西。换句话说,小说不是理论与哲理的论文,是以具体的东西来表现人的感受与情绪的东西。从这一点来考虑,长篇小说的题目是要正面反映出这"没有理性的现实"的本质,而短篇小说则只是点到为止,让读者自己去品味其中的奥妙与真谛。

总而言之,一个作家不管怎么自负,如果他的作品不能引发读者的想象,不能引起他们的共鸣,他所创作的东西便不会有存在的价值。从这个意义上来讲,短篇小说是最能引发读者想象的。所以,我今后还想在短篇上面下些功夫,争取创作出更多短小精悍、趣味性强的作品来。

渡边淳一

2001 年 3 月

图书在版编目（CIP）数据

泪壶 /（日）渡边淳一著；祝子平译 . — 青岛：
青岛出版社，2019.1
ISBN 978-7-5552-6833-8

Ⅰ . ①泪… Ⅱ . ①渡… ②祝… Ⅲ . ①短篇小说—小
说集—日本—现代 Ⅳ . ① I313.45

中国版本图书馆 CIP 数据核字（2018）第 278617 号

泪壶 by 渡边淳一

山东省版权局著作权合同登记号 图字：15-2017-237 号

书　　　名	泪壶	
著　　　者	（日）渡边淳一	
译　　　者	祝子平	
出版发行	青岛出版社	
社　　　址	青岛市海尔路 182 号（266061）	
本社网址	http://www.qdpub.com	
邮购电话	13335059110　0532-68068026	
策　　　划	刘　咏　杨成舜	
责任编辑	张姗姗	
特约编辑	曹红星　王　伟	
封面设计	末末美书	
照　　　排	青岛佳文文化传播有限公司	
印　　　刷	青岛国彩印刷有限公司	
出版日期	2019 年 1 月第 1 版　2019 年 1 月第 1 次印刷	
开　　　本	大 32 开（890mm×1240mm）	
印　　　张	5.25	
字　　　数	90 千	
印　　　数	1-8000	
书　　　号	ISBN 978-7-5552-6833-8	
定　　　价	35.00 元	

编校印装质量、盗版监督服务电话 4006532017　　0532-68068638
本书建议陈列类别：日本　畅销　小说